지킬 박사와 하이드

MINI BOOK
CLOUD
LIBRARY
18

지킬 박사와 하이드

The Strange Case of Dr. Jekyll and Mr. Hyde

로버트 루이스 스티븐슨 지음

안영준 옮김

생각뿔

어떤 문 이야기

어터슨 변호사는 쉽게 웃지 않는 사람이었다. 딱딱한 표정을 지닌 그는 다른 사람들과 이야기를 나눌 때도 무뚝뚝하고 어색한 태도를 보였다. 어쩔 수 없이 대화를 나누는 것처럼 보였다. 그는 큰 키에 말랐고 우울해 보이기도 했다. 그런 그에게는 쉽게 설명할 수 없는 매력적인 부분이 있었다. 친구들과 함께 있을 때나 입에 맞는 포도주를 마실 때면, 말은 하지 않았지만 그의 눈동자는 무언가를 말하는 것처럼 빛났다. 그의 얼굴에 떠오르는 설명하기 힘든 표정은 그의 행동으로 더욱 잘 드러났다.

어터슨은 자신에게 매우 엄격했다. 혼자 있을 때는 포도주를 마시고 싶어도 그 욕구를 참고 진을 마셨다. 연극을 좋아하면서도 20여 년을 극장에 가지 않았다. 하지만 그는 타인에게는 관용을 베풀었다. 그는 자신의 분노를 참지 못하고 날뛰는 사람들을 보면 놀라면서도 부러워했으며, 나무라기보다는 도와주려고 애썼다. 그는 괴짜처럼 말하기도 했다.

"나는 카인의 배교(믿던 종교를 배신하는 행위)가 끌려. 나라도 내 동생이 악마에게 가 버려도 내버려 둘 거야."

그는 성격상 인생을 멋대로 사는 사람들에게 존경받는 사람이 되거나, 그들에게 좋은 영향을 주는 일도 종종 있었다. 그는 그러한 사람들이 사무실에 오면 그렇지 않은 사람들을 대할 때와 조금도 태도가 달라지지 않았다.

어터슨에게는 그런 일이 어렵지 않았다. 그는 감정을 잘 드러내지 않았고, 친구들과의 관계도 천성에서 비롯한 관용을 바탕으로 깊어져 갔다. 신사가 갖춰야 할 덕목 중 하나는 사람을 사귈 때 정해 놓은 범위를 운명으로 받아들이는 것이었다. 이는 변호사들의 방식이기도 했다. 어터슨의 친구들은 친척이거나 아주 오랫동안 알아 왔던 사람들이었다. 그의 감정은 시간이 지나면서 무성해지고 있었다.

잘 알려진 멋쟁이인 먼 친척 리처드 엔필드와 어터슨의 인연도 그렇게 맺어졌을 것이다. 두 사람이 서로에게 어떤 매력을 느꼈는지, 공통 화제가 있는지 모두가 궁금해할 정도였다. 일요일에 두 사람이 산책하는 모습을 본 사람들에 따르면, 두 사람은 별 대화도 없고 활기도 없고 친구를 마주치면 안심된다는 듯 지나치게 반가워했다는 것이다. 사람들은 수군거렸지만 그것과 상관없이 두 사람은 산책을 일과로 여겼고, 모임이나 사업상의 일도 미뤄 두고 산책을 즐겼다.

그들이 우연히 런던 번화가 뒷골목에 들어선 것은 어느 일요일에 산책하던 도중이었다. 거리는 매우 한산했지만, 주중에는 장사가 잘되는 곳이었다. 어디든 장사가 잘되는 것 같았지만, 상인들은 경쟁적으로 호객했다. 길을 따라 늘어선 상점들의 정면은 활짝 웃는 점원처럼 손님을 초대하는 분위기를 내뿜었다. 일요일이다 보니 화려한 장식은 없고 상대적으로 조용했지만, 지저분한 이웃 동네와는 다르게 반짝이고 있었다. 반듯하게 페인트칠한 셔터와 놋쇠 장식, 깨끗하고 활기찬 분위기는 행인들의 눈을 즐겁게 해 주고 있었다.

거리는 동쪽으로 가는 모퉁이 왼편, 두 번째 집 뜰로 가는 입구에서 끊겼다. 그 근처에 불길한 느낌을 주는 건물 한 채가 있었다. 2층으로 된 그 건물에는 창문이 하나도 없었고, 1층에 문만 하나 있었다. 오랫동안 방치된 것 같았다. 초인종은 물론이고 손잡이도 달려 있지 않은 문은 낡았고 색이 바래 있었다.

문 옆에서는 노숙자들이 어슬렁거리며 벽에다 성냥을 그어 대고 있었다. 아이들은 계단에 앉아 노점을 벌렸고, 학생들은 기둥 끝에서 칼날로 장난을 치고 있었다. 주위를 돌며 어슬렁거리는 사람들을 쫓거나 고장 난 곳을 수리하러 나온 사람은 없었다.

엔필드와 어터슨은 뒷골목 반대쪽 끝에 있었다. 두 사람이 나란히 입구에 들어서자, 엔필드는 자신의 지팡이로 무언가를 가리키며 물었다.

"저 문을 보신 적이 있습니까?"

어터슨이 그렇다고 하자 그는 덧붙였다.

"저는 저 문과 관련해 아주 이상한 경험을 한 적이 있습니다."

"정말? 무슨 일이었는가?"

어터슨의 목소리 톤이 올라갔다.

"바로 이 길이었습니다."

엔필드가 말을 이었다.

"저는 아주 먼 곳에 갔다가 집으로 돌아오는 길이었지요. 한겨울이었고 새벽 3시쯤이었는데, 제가 걷고 있던 길에는 램프 불빛 말곤 아무것도 보이지 않았습니다. 걷고 또 걸었지요. 사람들은 모두 잠들어 있었고, 거리엔 가로등뿐이었어요. 저는 무슨 소리라도 들리는 것처럼 신경이 곤두섰습니다. 경찰이라도 나타나길 바랐지요.

그때 갑자기 두 개의 형체가 나타났습니다. 하나는 동쪽을 향해 빠르게 걸어가는 몸집이 작은 남자였고, 다른 하나는 교차로를 향해 재빨리 뛰어가는 여덟 살이나 열 살 정도로 보이는 여자아이였습니다. 당연히 두 사람은 모퉁이에서 부딪혔습니다. 무서운 일은 그다음에 일어났지요. 그 남자는 태연하게 아이의 몸을 그대로 밟고, 땅바닥에 쓰러져 비명을 질러대는 아이를 무시한 채 계속 걸어갔습니다.

정말 몸서리가 쳐지는 광경이었습니다. 사람으로 보이지 않았어요. 빌어먹을 주정뱅이 같았지요. 저는 거기 서라고 소리친 다음 그를 잡아끌고 돌아왔습니다. 아이의 비명을 들은 사람은 이미 여럿이었고, 그 남자는 조금도 반항하지 않고 저를 쳐다보았습니다. 그 시선이 어찌나 불쾌한지 등줄기에 땀이 쭉 흘렀어요.

모여 있던 사람들은 아이의 가족이었습니다. 조금 후 의사가 도착했지요. 아마도 아이는 의사를 부르러 가던 중이었던 것 같습니다. 의사의 말에 따르면, 아이는 상처가 심하지 않았지만 놀라서 겁을 먹은 상태라고 했습니다. 여기서 끝이 아닙니다.

이상한 일이 또 있었습니다. 저는 그 남자를 보자 혐오감이 치밀었습니다. 그건 아이의 가족도 마찬가지였어요. 그럴 수밖에 없었지요. 그런데 제가 놀란 것은 의사 때문이었습니다. 그는 나이가 좀 들어 보였는데 아무런 특색이 없었고, 에든버러 사투리를 심하게 썼고 무뚝뚝해 보이는 의사였지요.

감수성은 전혀 없어 보였지만, 그는 우리와 같은 감정을 느끼고 있었습니다. 저는 의사가 그 남자를 볼 때마다 너무 싫어서 얼굴이 하얗게 질리는 것을 보았습니다. 저는 의사가 무슨 생각을 하는지 알 수 있었습니다. 아마 의사도 제 생각을 알았을 겁니다.

어쨌든 그를 죽이는 것은 불가능했기 때문에 차선책으로 그에게 추문을 퍼뜨려 그의 이름에 먹칠하겠다고 협박했습니다. 소문을 퍼뜨려 당신에게 명예나 친구가 있다면 모두 떨어져 나가게 할 거라고 했지요. 저는 여자들의 증오에 찬 얼굴은 예전에 본 적이 없습니다. 그를 바라보는 여자들의 눈빛은 아주 거칠었습니다.

그 남자는 그런 소동 가운데에서 코웃음을 쳤습니다. 약간 겁을 먹은 것 같기도 했지만, 그걸 빼면 정말 악마 같은 얼굴이었습니다. 그는 이렇게 말했습니다.

'이 사건으로 한몫 챙기려는 수작이라면 어쩔 수 없지. 신사는 시끄러운 것을 싫어하니까. 얼마를 원하는지 말해 보라고.'

저희는 아이와 가족을 위해 100파운드를 받아 내기로 했습니다. 그 남자는 끝까지 저항하고 싶어 했지만, 숫자가 나오자 행동을 취했습니다. 그는 저희를 저 건물의 저 문으로 데려갔습니다. 그는 열쇠를 꺼내서 안으로 들어갔다가 금화

10파운드와 수표를 가지고 나왔습니다. 수표에 서명한 이름은 매우 유명한 이름이었습니다.

저는 그 남자가 의심스러웠습니다. 저희는 그에게 보통 사람이 새벽 4시에 허름한 문으로 들어가 큰돈을 가지고 나오는 게 말이 되느냐며 따졌습니다. 하지만 그 남자는 코웃음을 치더군요.

'은행이 문을 열 때까지 같이 있다가 내 손으로 현금으로 바꿔 주지.'

그래서 은행이 문을 열 때까지 의사와 아이 아버지, 저와 그 남자는 함께 밤을 지새웠습니다. 날이 밝은 후 모두 함께 은행으로 가서 수표를 내밀었지요. 수표는 진짜였습니다."

"이런."

"변호사님도 저처럼 생각하시는군요. 좋지 않은 이야기입니다. 그 남자는 아주 지독한 놈입니다. 그런데 수표에 서명했던 사람은 교양 있고 저명한 사람이지요. 변호사님의 친구이기도 하고요. 아마도 친구분이 협박을 당하고 있는 것 같아요. 젊을 때 저지른 실수로 대가를 치르고 있는 것 아닐까요. 그래서 저는 그곳을 협박의 집이라고 부릅니다. 물론 그것으로 완전히 설명되진 못하지만요."

엔필드는 말을 마치고 잠시 생각했다.

"그럼 수표에 서명한 사람이 저곳에 사는 건가?"

생각에 빠진 엔필드에게 어터슨이 물었다.

"그럴 것 같지 않습니까? 우연히 그분의 주소를 알게 되었는데 이 근처에 살고 있답니다."

"그럼 자네는 저 집에 관해 묻지 않았나?"

"네, 미묘한 문제라고 생각했습니다. 물어보고 싶었지만 돌을 굴리는 것과 같다는 생각이 들었습니다. 돌을 굴린 사람은 언덕 꼭대기에 가만히 있지만, 돌은 굴러가서 다른 사람에게 부딪히지요. 죄 없는 사람이 자기 집 마당에서 돌에 맞아 죽으면 그 사람의 가족들은 가족을 잃게 되지요. 변호사님, 저에게는 수상할수록 캐묻지 않는다는 신조가 있습니다."

"정말 좋은 신조로군."

"저 혼자 그 집에 대해 조사를 좀 하긴 했습니다." 엔필드는 말을 이었다.

"사람이 사는 것 같진 않더군요. 저 문을 드나드는 사람이라곤 그 사건에서 만났던 남자가 다지만, 그마저도 아주 가끔 들르더군요. 2층에서 안뜰을 향해 나 있는 창문이 세 개고, 아래층엔 창문이 하나도 없습니다. 창문은 항상 닫혀 있지만 깨끗합니다. 그리고 굴뚝이 하나 있는데 언제나 연기가 납니다. 누군가 살고 있긴 한 것 같은데, 안뜰 주변에 건물이 많아서 어디까지 한집인지 경계가 모호합니다."

엔필드의 말을 들은 어터슨이 말했다.

"묻고 싶은 것이 있네. 아이를 밟았던 남자의 이름이 뭔가?"

"말씀드리지 못할 이유가 없지요. 그 사람의 이름은 하이드입니다."

"어떻게 생긴 사람이었나?"

"무언가 이상했습니다. 어딘지 모르게 기분이 나쁘고, 어딘지 모르게 혐오스러운 얼굴이었습니다. 왜 그런 느낌이 드는지도 알 수 없었고요. 어딘가 볼품없고 추한 인상이었지만, 어디가 이상한지는 정확히 말하기가 힘듭니다."

어터슨은 생각에 빠져 있다가 입을 뗐다.

"그 남자가 분명히 열쇠를 사용했나?"

엔필드는 깜짝 놀라며 대답했다.

"변호사님."

어터슨이 가라앉은 목소리로 말했다.

"내가 다른 사람의 이름을 묻지 않은 것은 이미 그 이름을 알고 있기 때문이네. 최악의 사실을 확인하기 위해 물어본 것이네."

"변호사님이 저를 혼내시려는 줄 알았어요. 하지만 저는 거짓 없이 말했습니다. 그가 열쇠를 사용하는 것을 본 것이 일주일도 되지 않았습니다."

어터슨은 한숨을 깊이 내쉬고는 아무 말도 하지 않았다.

엔필드가 말을 꺼냈다.

"제가 너무 말이 많았습니다. 앞으로 이 이야기는 꺼내지 않을게요."

어터슨은 대답했다.

"그래, 그게 좋겠군."

하이드 씨를 찾아서

그날 저녁, 어터슨은 혼자 지내는 집으로 돌아왔다. 저녁 식사를 하기 위해 앉았지만, 우울한 기분 때문인지 맛을 제대로 느낄 수 없었다. 어터슨은 보통 식사를 마치면 난로 앞에서 신학책을 읽곤 했다. 그러다가 집 근처에 있는 교회가 12시를 알리면 감사하는 마음으로 잠자리에 들곤 했다.

어터슨은 저녁 식사를 마친 후 촛불을 들고 사무실로 갔다. 그곳에서 그는 금고를 열어 깊숙한 곳에 있던 서류를 열었다. 그것은 헨리 지킬 박사의 유언을 적은 서류였다. 어터슨은 몇 번이나 읽었기 때문에 이미 내용을 잘 알고 있었지만, 다시 읽으려니 처음 보는 듯한 낯선 느낌이 들었다. 글을 읽는 동안 그의 입술이 말라 갔다.

유언장은 헨리 지킬이 사망하면 그의 모든 재산을 '친구이자 은인인 에드워드 하이드'에게 상속하라는 내용이었다. 자세한 내용은 지킬 박사가 '3개월 이상 실종되거나 특별한 이유 없이 보이지 않으면' 에드워드 하이드가 헨리 지킬의 후임으로 모든 것을 가지고, 지킬 박사의 식솔들에게 약간의 돈만 지급하는 것을 빼면 아무런 부담이나 의무를 질 필요가 없다는 것이었다.

몇 개월 전, 지킬은 이 유언장을 수정하기 위해 그를 찾아왔다. 지킬은 어터슨에게 유언장 내용을 상세하게 설명했다. 지킬의 말을 듣던 어터슨은 큰소리로 항의했다. 변호사로서 그리고 분별 있는 삶을 존중하는 사람으로서 어터슨에게 그러한 유언장은 불쾌감을 주었다.

"하이드가 대체 누구인가? 혹시 그에게 협박이라도 받고 있나? 자네와 나는 오랫동안 알고 지냈지만, 지금까지 한 번도 들어 본 적이 없는 이름일세."

"에드워드 하이드와 나와의 관계는 자네와 아무 상관이 없네."

지킬은 차분하고 냉정하게 말했다.

"어터슨, 자네는 내 변호사지, 고해 신부가 아니네."

"하지만 나는 자네의 친구일세. 자네가 곤경에 빠진 걸 두고 볼 수만은 없어."

"나는 할 말을 다 했네."

지킬은 단호하게 대화를 끝내려고 했다.

"어터슨, 날 위해 새로운 유언장을 만들어 주게. 아니면 내가 이 일을 다른 변호사에게 맡기길 바라나?"

어터슨은 한숨을 내쉬며 말했다.

"아니야. 지금껏 그래 왔듯이 내가 자네 유언장을 맡겠네. 하지만 이 일이 자네를 위하는 일이 아니라는 생각이 들어서 도저히 못 쓰겠으니 자네 손으로 직접 쓰게나."

그렇게 지킬은 새로운 유언장을 자필로 완성했다.

지금까지는 하이드라는 사람을 전혀 모른다는 것이 적대감을 부풀렸지만, 이제는 하이드라는 사람에 대해 알게 되어서 더더욱 불쾌했다. 그리고 친구의 모습이 뚜렷하게 떠올랐다.

어터슨은 그 기분 나쁜 서류를 다시 금고에 넣었다. 그가 생각에 잠긴 동안 양초는 점점 타 들어가고 있었다.

"지킬은 그런 사람에게 붙잡혀서 얼마나 곤란했을까. 아마도 지킬이 예전에 불명예스러운 일을 저지른 모양이야."

그는 촛불을 끄고 두껍고 커다란 외투를 걸치고는 캐번디시 광장으로 출발했다. 그곳에는 그의 친구인 라니언이 환자를 돌보는 집이 있었다. 라니언이라면 무언가를 알 수도 있을 거라는 생각이 들었다.

어터슨을 알고 있던 집사는 그를 맞이하고는 라니언이 와인을 마시고 있는 식당으로 안내해 주었다. 라니언은 명랑하면서도 태도가 매우 단호한 사람이었다. 그는 어터슨을 보자자리에서 일어나 양팔을 벌려 그를 환영했다. 라니언의 다정함은 과장되어 보이기는 했지만 진심을 담고 있었다.

라니언과 대화를 나누던 어터슨은 자신을 불쾌하게 지배하던 문제로 화제를 바꿨다.

"헨리 지킬의 친구들 가운데 자네와 내가 가장 오래된(old) 친구 아닌가."

라니언이 웃음을 터뜨렸다.

"그런가? 젊었으면(위의 '오래된(old)'을 '나이 많은'의 의미로 받아들여서 그 반대말인 '젊은(young)'으로 말장난을 한 것) 좋겠는데. 하여간 그 말은 맞지. 헨리 지킬을 본 지 오래되었는데, 그에게 무슨 일이라도 있나?"

"그런가? 자네와 지킬은 자주 보는 사이인 줄 알았는데……."

그러자 라니언이 대답했다.

"예전엔 그랬네. 하지만 지킬이 너무 허황되다고 생각한 지 10년이 넘었지. 지킬은 이상한 방향으로 가고 있어. 오래된 친구라 그에게 관심을 두고 있긴 하지만, 최근엔 만나지 않았네."

라니언은 말을 이었다.

"그런 비이성적인 소리를 지껄이면 다몬과 핀티아스(굳은 우정으로 유명한 피타고라스파 철학자들)라도 소원해질걸."

이 말이 어터슨에게는 위안이 되었다. 그는 '학문에 대한 견해 차이가 나 보군.'이라고 생각했다.

어터슨은 꼭 묻고 싶었던 말을 꺼냈다.

"지킬의 피보호자인 하이드를 본 적이 있나?"

"하이드? 그런 이름은 들어 본 적이 없네."

어터슨이 얻을 수 있는 것은 그게 다였다. 그는 날이 밝을 때까지 궁금증 때문에 뒤척이느라 잠을 설쳤다. 어터슨의 집 근처에 있는 교회에서 6시를 알리는 종이 울렸다. 어터슨의 머릿속에서는 엔필드의 이야기가 영상처럼 재생되었다.

런던의 중심부에서 가로등 불이 좁은 뒷골목을 비추고 있었다. 그러더니 빠르게 걷는 남자의 형체가 나타나고, 뒤이어 뛰어서 돌아오는 아이가 나타났다. 남자는 아이를 짓밟고, 아이가 비명을 질러도 제 갈 길을 갔다.

저택의 침실에서 잠들어 있는 친구의 모습도 떠올랐다. 갑자기 문이 열리고 침대를 둘러싼 커튼이 젖혀진다. 잠자던 친구는 잠에서 깨고, 그 앞에 그의 지배자가 서 있다.

두 장면에 나오는 사람이 밤새도록 어터슨의 머릿속에서 떠나지 않았다. 잠시 잠이 들면, 그 형체가 집 안으로 들어와 어지럽게 만들었다. 그 형체는 얼굴이 없었고, 꿈속에서도 그를 괴롭힌 다음 흐물흐물 녹아 버렸다.

그는 하이드를 직접 봐야겠다는, 이상하게 강한 호기심이 일었다. 어터슨은 그 남자를 보면 머릿속이 한결 가벼워질 것이라는 생각도 들었다. 그의 친구가 그에게 속박된 이유를 알게 될 수도 있고, 친구가 이상한 유언장을 쓴 이유를 알 수 있을지도 몰랐다. 어쨌든 감수성도 없고 동정심도 없는 엔필드에게 그 정도의 감정을 불러일으켰다면 볼만한 가치가 있다고 생각했다.

그때부터 어터슨은 뒷골목을 어슬렁거렸다. 아침에는 업무 시작 전까지, 정오에도 밤에도 그는 변함없이 그 문 앞을 서성였다.

'그가 숨는다면 난 찾아야겠다.'

어터슨은 생각했다.

마침내 그에게 기회가 왔다. 공기는 차가웠고 건조한 밤이었다. 거리는 무도회장의 바닥처럼 깨끗했고, 가로등들이 그 위에 일정한 패턴으로 빛과 그림자를 드리우고 있었다. 가게들이 모두 문을 닫자 인적이 드물고 조용했다.

어터슨이 그 문 앞을 지켜본 지 조금 시간이 흐른 후 가벼운 발소리가 들려왔다. 어터슨은 그동안 감시하면서 시끄러운 가운데에도 소음을 뚫고 갑자기 튀어나오는 발소리에 익숙해져 있었지만, 이번처럼 날카로운 발소리는 처음이었다.

어터슨은 갑자기 그가 오는 것이 확실하다는 예감이 들었다. 어터슨은 안뜰로 들어가는 입구 쪽으로 몸을 숨겼다.

발소리는 길모퉁이를 돌면서 점점 소리가 커졌다. 어터슨은 그제야 자신이 기다려 온 사람의 모습을 볼 수 있었다. 그 남자는 자그마한 몸집에 평범한 차림이었다. 그는 길을 가로질러 문 쪽으로 오면서 주머니에서 열쇠를 찾는 듯 뒤적였다.

어터슨은 한 발 앞으로 나와서 그의 어깨를 툭 쳤다.

"하이드 씨입니까?"

하이드는 매우 놀란 것 같았다. 그는 몸을 움츠리고는 어터슨의 얼굴을 보지 않고 말했다.

"그렇습니다만, 무슨 일입니까?"

"저는 지킬 박사의 오랜 친구인 어터슨입니다. 제 이름은 들어보셨겠지요? 우연히 만나게 되었는데 잠깐 들어가도 되겠습니까?"

"지킬 박사는 없어요."

하이드는 여전히 어터슨의 얼굴을 쳐다보지 않은 채 물었다.

"저를 어떻게 아십니까?"

어터슨은 대답 대신 다른 말을 했다.

"하이드 씨, 제 부탁을 하나 들어주실 수 있습니까?"

"얼마든지요. 무슨 일입니까?"

"얼굴을 보고 싶습니다."

하이드는 망설이는 듯했다. 그러다가 그는 갑자기 얼굴을 정면으로 돌렸다. 두 사람은 잠깐 말없이 서로의 얼굴을 바라보았다. 어터슨이 말했다.

"이제 어디서 만나도 알아볼 수 있겠군요."

"우리가 만났다는 것도 잘된 일이겠지요. 제 주소도 드리겠습니다."

'이자는 유언장에 대해서 알고 있어!'

어터슨은 그런 예감이 들었지만 낌새를 보이지 않고, 주소를 알려 주어서 고맙다고 인사했다. 그러자 하이드가 물었다.

"그런데 나를 어떻게 알아본 거요?"

"우리에겐 공통의 친구가 있습니다."

"공통의 친구라니요?"

"지킬 박사가 있지 않습니까."

"지킬 박사가 그런 얘기를 할 리 없어."

하이드가 소리쳤다.

"당신, 거짓말을 하고 있군."

그의 확신에 찬 말에 어터슨은 순간 당황스러웠다. 사납게 굴던 하이드는 놀랄 정도로 빠르게 문을 열고 집 안으로 들어가 버렸다.

하이드가 떠난 후에도 어터슨은 한참을 그대로 서 있었다.

어터슨은 거리를 향해 움직이기 시작한 후에도 혼란에 빠져 이마를 짚으며 몇 걸음을 걷다 말고 멈추었다. 그가 걸으면서 생각에 빠진 문제는 해결할 수 없어 보였다.

하이드는 창백하고 난쟁이 같은 사람이었다. 그는 기형은 아니었지만 왠지 불구라는 인상을 주었다. 웃는 것조차 불쾌했다. 하이드는 어터슨에게 비겁함과 대담함이 섞인 악의를 품었다. 그는 거칠고 낮은, 쩨지는 듯한 목소리로 말했다. 그 모든 것이 어터슨의 마음에 들지 않았다.

하지만 그것만으로는 어터슨이 하이드에게 느낀 혐오감과 두려움을 설명하기 힘들었다. 혼란스러워진 어터슨은 중얼거렸다.

"다른 이유가 있을 거야. 이름을 붙이긴 어렵지만 뭔가 있어. 오, 하느님. 그는 사람 같아 보이지도 않아. 야만인 같다고나 할까. 아니면 그는 사악한 영혼이 그 영혼을 담은 진흙 그릇의 밖으로 새어 나와 변형된 것 같군. 불쌍한 지킬. 난 자네의 새 친구의 얼굴에서 악마의 징후를 발견했어."

뒷골목 모퉁이를 돌아서자, 오래된 집들이 멋지게 늘어서 있었다. 예전에는 부유했지만 이제는 쇠락해서 조판공, 건축가, 변호사, 정체 모를 사업가 등 많은 부류의 사람이 사는 아파트와 사무실이 있었다. 그러나 모퉁이에서 두 번째 집만은 개인 소유였다. 출입문 위쪽에 있는 채광창에서 불빛이 새어

나오고 있기는 했지만, 이 집은 어둠 속에 묻혀 있었다. 굉장히 부유해 보이는 이 집 앞에서 발길을 멈춘 어터슨은 문을 두드렸다. 잘 차려입은 하인 풀이 문을 열어 주었다.

"지킬 박사는 계신가?"

"변호사님, 잠시만 기다려 주십시오."

풀은 대답하며 어터슨을 지붕이 낮고 안락한 홀로 안내했다. 홀 바닥에는 카펫이 깔려 있었고, 벽난로에 불을 지피고 있어서 따뜻했다. 떡갈나무로 만든 고급 가구들도 놓여 있었다.

"여기서 잠시만 기다려 주시겠습니까? 아니면 식당에 불을 켜 드릴까요?"

"여기서 기다리도록 하지. 고맙네."

어터슨은 난로 근처로 다가가 난로 울타리에 몸을 기댔다. 이곳은 지킬이 매우 좋아하던 장소였다. 어터슨도 칭찬한 공간이었다. 하지만 그의 머릿속에는 하이드가 들러붙어 있어서 뼛속까지 한기가 들었다. 어터슨은 삶에 염증이 느껴졌고 속도 메스꺼워졌다. 기분이 좋지 않아서인지 반질거리는 가구에 비친 난로의 불빛도 위화감을 주는 것처럼 느껴졌다. 잠시 후 풀이 돌아왔을 때야 어터슨은 진정이 되었다. 어터슨은 이러한 자신이 부끄러웠다. 풀은 어터슨에게 지킬 박사가 외출 중이라는 사실을 전했다. 어터슨은 풀에게 물었다.

"예전에 해부실로 쓰던 방으로 하이드 씨가 들어가는 것을 보았네. 지킬 박사가 집에 없는데 그래도 괜찮은가?"

"괜찮습니다. 하이드 씨는 열쇠를 가지고 있습니다."

어터슨은 잠시 생각에 잠겼다가 다시 말을 이었다.

"풀, 지킬은 그 젊은이를 신뢰하고 있나?"

"굉장히 신뢰하십니다. 저희 모두에게 그분을 따르라는 지시를 내리셨습니다."

"내가 전에 하이드 씨를 본 적이 있었나?"

"그럴 리가 없습니다. 하이드 씨는 여기에서 저녁 식사를 하지 않습니다. 하이드 씨는 대부분 연구실을 통해 드나듭니다."

"알겠네."

"네, 안녕히 가십시오."

어터슨은 찜찜한 마음을 안고서 집으로 출발했다.

'불쌍한 지킬, 자네는 아무래도 깊은 수렁에 빠져 버린 것만 같군. 젊을 때 방탕한 기질이 있긴 했지. 아주 오래전의 일이긴 하지만, 그래도 하느님 앞에선 법의 기한이 없을 테니. 그래, 그게 맞을 거야. 오랜 세월이 흘러 기억조차 희미해졌고, 자신도 그 잘못을 용서했건만 심판의 날이 오고야 말았군.'

어터슨은 이런 생각을 하다가 문득 두려운 마음에 자신의 과거를 돌아보았다. 오래 묵은 죄악이 상자 속에서 튀어나오지는 않을지 기억을 더듬어 보았다.

그의 과거는 결백한 편이었다. 과거의 삶의 기록을 어터슨보다 불안해하지 않고 돌이켜 볼 수 있는 사람은 거의 없을 것이다. 그런데도 어터슨은 자신이 그동안 저질렀던 수많은 잘못에 대해 겸허해졌다. 그러고는 더 많은 죄를 저지를 뻔한 순간을 피할 수 있었던 것에 대해 감사 기도를 올렸다. 그런 후 원래 생각하고 있었던 주제를 떠올리며 작은 희망을 품었다.

'그래, 하이드도 조사해 보면 어딘가 냄새나는 면이 있을 것이다. 엄청난 비밀이 있을 거야. 그자의 인상으로 보면 불쌍한 지킬이 아무리 큰 죄를 저질렀다고 하더라도 햇빛 앞의 반딧불 정도일 거야. 지킬을 이렇게 둘 순 없어. 그자가 헨리의 머리맡에서 조종하고 있다는 사실만 생각해도 소름이 끼쳐. 불쌍한 헨리, 유언장도 위험하지. 하이드가 그런 유언장이 있다는 것을 알게 되면 조급하게 상속받으려고 할 수도 있어. 내가 분발해야겠군. 지킬이 나에게 맡겨 줄까?'

그때야 그의 머릿속에는 유언장에 있었던 기이한 구절이 뚜렷하게 떠올랐다.

평안을 되찾은 지킬 박사

2주 후, 어터슨은 지킬이 마련한 저녁 식사에 초대받았다. 어터슨은 반가우면서도 놀라웠다. 지킬이 거의 1년 만에 식사 초대를 한 것이었다. 손님은 모두 지적인 사람들이었고, 훌륭한 와인을 곁들이는 미식가들이었다. 라니언은 참석하지 않았지만, 지킬과 어터슨의 옛 친구들이 모인 가운데 유쾌한 식사가 이어졌다. 다들 맛있게 먹고 포도주도 많이 마셨다.

다른 손님이 다 떠난 뒤에도 어터슨은 남아 있었다. 이것은 특별한 일이 아니었다. 몇몇 사람은 어터슨을 무척 좋아했다. 성격이 명랑한 사람들과 수다 떨기 좋아하는 사람들이 가 버리면 집주인들은 으레 무뚝뚝한 어터슨이 떠나지 못하도록 붙들곤 했다. 어터슨은 조심성이 있고 사려 깊은 사람이었다. 그들은 떠들썩하게 유쾌한 시간을 보내고 난 후 그와 느굿하게 앉아 풍요로운 침묵을 즐기며 피로를 풀고자 했다.

지킬은 편안하고 따뜻해 보였다. 건너편에 앉은 지킬의 표정을 보면, 그가 얼마나 진솔하고 따뜻하게 어터슨을 아끼는지 느껴졌다. 그는 몸집이 크고 얼굴은 매끄러웠다. 그의 나이는 50대였지만, 은회색 머리카락만 아니라면 30대처럼 보일 정도였다. 지킬과 친구들은 터무니없는 농담을 주고받기도 했다. 그의 눈빛에는 이따금 절망이 스쳤지만, 순식간에 사라졌다.

다른 사람들이 모두 돌아가고, 어터슨은 마지막 브랜디를 마시며 남아 있었다. 어터슨은 지킬에게 말을 꺼냈다.

"지킬, 자네와 계속 이야기하고 싶었네."

그가 말을 이었다.

"자네의 유언장 말일세. 그것이 날 계속 괴롭히고 있네."

"그 이야기는 더는 말하지 않기로 하지 않았나."

지킬은 낮은 목소리로 불편한 심기를 드러냈다. 잠시 침묵하던 지킬은 불안하게 웃으며 말했다.

"그날 나는 죄책감에 시달렸네. 내가 작성한 유언장 때문에 자네가 걱정을 많이 했을 것 같아서. 소중한 친구에게 고통을 주고 싶지 않았지만, 유언장은 그렇게 될 수밖에 없었네. 내 유언장을 보았을 때 자네만큼 곤란해한 사람은 없었네. 내 연구를 과학적인 이단이라고 주장하는 라니언 정도 그랬을까? 라니언이 좋은 친구라는 것은 나도 인정하네. 훌륭하고 즐거운 사람이지. 하지만 그는 무지하고 시끄러운 고집쟁이야. 나에게는 라니언처럼 실망스러운 사람도 없어."

"나는 그 유언장을 부정적으로 생각하고 있네."

어터슨은 라니언에 관한 화제를 무시하고 말했다. 그러자 박사는 조금 신경질적으로 대꾸했다.

"내 유언장? 물론 나도 알고 있지. 자네가 그렇게 말하지 않았나?"

"자네 심정은 이해하네. 하지만 내가 하이드라는 사람에 대해 많은 이야기를 들어서 그런다네."

"난 하이드에 대해선 말하고 싶지 않아." 지킬이 말했다.

"내 유언장에 대해서도 더는 말하고 싶지 않네. 이 문제는 여기서 끝내는 게 좋겠네."

"내가 여기서 고집을 꺾었다가 훗날 나를 나쁜 친구라며 원망하게 될까 봐 그러네."

어터슨은 잔에 든 브랜디를 흔들며 말을 이었다.

"지킬, 그자가 무엇 때문에 자네를 옭아매고 있는 건가. 나에게 털어놓게. 날 믿어도 되네. 내가 자네를 구해 줄 수 있어."

"어터슨, 자네는 나의 훌륭한 친구야. 날 도와주려고 하는 마음 또한 고맙네. 나는 자네를 완전히 믿고 있어. 만약 선택해야 한다면 난 나 자신보다 자네를 택할 거야. 하지만 이건 자네가 생각하는 일과 다른 일이야. 그렇게 나쁜 일이 아니라고. 난 늙은 의사에 불과하네. 그래도 안심이 안 된다면 하나만 더 얘기하지. 난 내가 원하면 언제든지 하이드를 떨쳐 낼 수 있네. 맹세하지. 그리고 어터슨, 이건 전적으로 개인적인 문제야. 그러니 부탁인데 더는 이 문제에 신경을 쓰지 않았으면 좋겠네."

어터슨은 잠시 난롯불을 바라보며 생각에 잠겼다.

"그래, 자네가 옳은 거겠지. 이제 의심하지 않겠네."

어터슨은 자리에서 일어나며 말했다.

"이 문제에 관해 얘기하는 것도 마지막이었으면 좋겠구먼. 하지만 얘기가 나온 김에 특별히 부탁하고 싶은 것이 있네."

지킬 박사가 말했다.

"솔직하게 말하자면, 나는 그 못된 하이드에게 지대한 관심이 있다네. 자네가 그와 만났다는 것도 알고 있지. 하이드가 버릇이 없는 편이어서 자네에게 어떻게 대했는지 걱정되는군. 하지만 나는 그 젊은이를 진정으로 걱정하고, 그에게 큰 관심을 쏟고 있다네. 그러니 어터슨, 내가 죽으면 그의 권리를 지켜 주겠다고 약속해 주게나. 자네도 모든 상황을 알게 되면 분명 그렇게 할 거야. 자네가 그렇게 약속해 준다면 내 마음은 훨씬 가벼울 테고."

"하이드는 도덕적인 인물이 아니야."

"하이드는 내 동료일세. 나는 그의 주인이 아니야. 그가 내 집 밖에서 하는 일은 나와 상관이 없네."

어터슨이 말을 꺼내려 하자, 지킬이 그만하라는 듯 손을 들었다.

"어터슨, 그만하게. 그의 태도 때문에 기분이 상했다면 내가 대신 사과하겠네."

"자네가 하는 실험이 매우 중요한 것인가 보군."

어터슨이 중얼거렸다.

"하이드가 하는 악행을 이해할 만큼 그는 특별한 존재인 것 같네."

"맞아. 자네에게 말로 다 설명할 수 없을 만큼 특별하고 중요해."

지킬이 웃으면서 말했다.

"지킬, 그렇다고 하이드를 좋아할 순 없을 거야."

"호의를 가져 달라고 부탁하는 게 아니야. 정당한 권리를 지켜 줘. 나를 위해서 말이네."

어터슨은 한숨을 내쉬며 말했다.

"알겠어. 그러겠다고 약속하지."

댄버스 커루 경 살인 사건

1년의 세월이 흐른 어느 날, 런던은 충격에 빠졌다. 잔인한 살인 범죄가 일어났는데, 그 희생자는 사회에서 존경받는 인물이었다. 사건의 전모는 단순했지만, 상상 이상으로 놀랍고 끔찍했다.

그 사건의 목격자는 템스강 근처에 있는 집에서 혼자 살고 있던 하녀 케이트였다. 그녀는 사건이 벌어진 날 밤 11시경, 잠자기 위해 2층으로 올라갔다. 한밤중이 되면 런던에는 안개가 가득 끼었지만, 그날 초저녁에는 구름 한 점 없이 맑았다. 보름달은 하녀의 집에서 내려다보이는 골목길까지 훤히 비춰 주고 있었다. 그때 그녀는 창문 아래 놓인 상자에 앉아 로맨틱한 상상을 하고 있었다. 그녀 눈에는 세상 모든 것이 아름답고 달콤하게 보였다. (그녀는 이렇게 말하면서 눈물을 홀렸다.)

그렇게 하녀가 상상에 빠져 있을 때, 백발 노신사가 골목길을 따라 그녀의 집 쪽으로 다가왔다. 그는 걸음을 멈추고 잠시 쉬었다가 다시 걸었다. 그는 땅바닥에 끌릴 정도로 긴 외투를 입고, 목에는 모직 목도리를 두르고 있었다. 노신사의 머리카락은 달빛처럼 반짝이는 은회색이었다. 한 손에는 가벼운 지팡이를 들고 있었고, 다른 손으로는 입에 물고 있는 파이프를 손에 들었다가 다시 입에 물었다.

그를 본 케이트는 미소를 머금었다. 달빛이 노신사의 얼굴을 비추자, 그의 얼굴은 고결하면서도 고풍스러워 보였다.

그때 맞은편에서 다른 사람이 다가왔다. 그는 체구가 작은 남자였는데, 무척 빨리 걷고 있었다. 그는 외투를 입지 않은 연미복 차림이었고, 망토를 걸친 채 한 손에는 지팡이를 들고 있었다. 케이트는 그가 하이드임을 알아보았다. 언젠가 주인을 찾아온 적이 있었는데, 그때도 케이트는 하이드를 보며 불쾌함을 느꼈다.

하이드는 지팡이를 만지작거리면서 조급한 태도로 노신사의 말을 들었다. 그러다가 그는 갑자기 급격하게 분노하며 지팡이를 휘둘렀다. 노신사는 놀라서 뒤로 물러났다. 하이드는 이성을 잃은 듯 지팡이로 그를 때리기 시작했다. 그 후에도 그는 노신사를 구둣발로 밟고는 계속 때렸다. 결국에는 뼈가 부러지는 소리가 들렸고, 노신사는 길바닥에 나뒹굴었다. 이 광경을 목격하고 소리를 들은 케이트는 정신을 잃고 말았다.

케이트가 정신을 차리고 경찰을 부른 것은 2시쯤이었다. 살인범은 이미 사라졌지만, 희생자는 엉망인 상태로 골목길 한복판에 쓰러져 있었다. 범행에 사용된 지팡이는 단단하고 무겁고 희귀한 나무로 만들어졌는데, 얼마나 휘둘렀는지 가운데가 부러져서 개천가에 나뒹굴고 있었다. 희생자의 몸에서는 지갑과 금시계가 발견되었다. 그리고 우표를 붙인 편지한 통도 나왔는데, 편지 겉면에는 어터슨의 이름과 주소가 쓰여 있었다.

그 편지는 이튿날 새벽 어터슨에게 전달되었다. 어터슨은 경찰을 통해 사건에 대해 들을 수 있었다. 어터슨은 무거운 표정으로 말했다.

"시체를 보기 전에는 뭐라고 말씀드리기가 곤란하군요. 아무래도 평범한 사건은 아닌 듯합니다. 제가 옷을 갈아입을 때까지 잠시 기다려 주십시오."

그는 근심스러운 표정으로 식사를 마치고, 희생자의 시체가 있는 경찰서로 향했다.

"제가 아는 사람이군요. 댄버스 커루 경입니다."

"맙소사."

경찰관이 깜짝 놀라며 외쳤다.

"정말입니까? 세상이 떠들썩해지겠네요. 범인을 꼭 잡을 수 있도록 협조 부탁드립니다."

경찰은 어터슨에게 하녀의 목격담을 말해 주고, 지팡이를 보여 주었다. 어터슨은 하이드라는 이름을 듣고 움찔했으나, 지팡이를 보자 더 의심할 것이 없이 확실해졌다. 그 지팡이는 어터슨이 몇 년 전에 지킬에게 선물한 물건이었기 때문이다. 어터슨이 물었다.

"하이드라는 사람, 체구가 작지 않나요?"

"작고 아주 흉악하게 생겼다고 하더군요."

어터슨은 곰곰이 생각한 후 말했다.

"제 마차로 이동하시지요. 하이드의 집으로 안내해 드리겠습니다."

그들은 오전 9시쯤 출발했다. 가을 안개가 시내를 감싸고 있었고, 음침한 장막이 하늘에 드리워져 있었다. 연신 불어오는 바람이 안개를 내몰아서 마차를 타고 달리던 어터슨은 다양한 빛의 색조와 어둠의 변화 과정을 볼 수 있었다. 한동안 해 질 무렵처럼 어둑어둑했다가도 다른 쪽에서는 불난 것처럼 타는 듯한 빛이 비쳤다. 그러다가도 안개가 완전히 걷히면서 구름 사이로 햇살이 소용돌이치는 고리처럼 빛났다.

가로등 불빛이 소호의 음침한 거리를 비춰 주고 있었다.

행인들은 질퍽질퍽한 길을 오가고 있었다. 거리 모퉁이에 있는 카페의 창문들은 깨져 있었다. 왠지 모르게 느껴지는 한기 때문에 어터슨은 몸을 떨었다. 그의 눈에는 이 모든 것이 악몽처럼 느껴졌다. 게다가 그의 마음에는 어두운 그림자가 드리워져 있었다. 그는 동행한 경찰관을 힐끔 쳐다보며 법의 수호자인 경찰에 대해 두려움을 느꼈다. 이런 분위기에서는 누구라도 그런 느낌이 들었을 것이다.

목적지에 도착할 즈음에는 안개가 걷혀 있었다. 어터슨의 눈에는 지저분한 뒷골목 술집, 싸구려 식당, 샐러드를 파는 가게, 그리고 누더기를 걸친 채 문간마다 떼 지어 있는 아이들과 해장술을 하러 나온 다양한 국적의 여자들이 들어왔다. 다시 그 골목에 안개가 끼어서 지저분한 광경이 차단되었다. 이곳이 바로 헨리 지킬이 지대한 관심을 가지고 아끼는 젊은 이, 25만 파운드의 유산을 받기로 되어 있는 그 남자가 사는 곳이었다.

경찰 한 명이 다른 경찰들에게 기다리라는 손짓을 하더니 어터슨보다 빠르게 문 쪽으로 다가갔다. 그 경찰이 문을 두드리자, 안에서 나이 든 하녀가 문을 열었다. 하녀는 겉으로는 공손해 보였지만, 어딘지 위선적이고 악한 사람 같았다.

"여기가 에드워드 하이드 씨의 집이오?"

"네, 맞습니다. 그런데 지금 하이드 씨는 집에 안 계십니다."

"이분은 스코틀랜드 담당 경찰서에서 나오신 뉴커먼 경위요."

어터슨이 뉴커먼 경위를 소개했다.

"아, 나리에게 문제가 생겼나요?"

그녀는 양손을 모으고 시선을 피하며 작은 목소리로 말했다.

"하이드 씨는 혼자 지내셔서 저도 그분을 자주 보지 못합니다. 몇 달 동안 안 보이다가 느닷없이 나타나곤 합니다. 어젯밤처럼요."

"어젯밤? 그게 몇 시였소?"

하녀는 대답해도 될지 고민하는 표정을 짓더니 말을 이었다.

"아주 늦은 시간이었어요. 몹시 시끄러웠지요. 계단을 뛰어오르고 문을 세차게 닫고 분주하게 움직이는 소리가 났어요. 그 이후 전 다시 잠이 들었고요."

"그게 몇 시였소?"

어터슨이 물었지만, 하녀는 어깨를 으쓱이며 모른다고 했다.

"하이드 씨의 방을 조사해야겠소."

텅 빈 것과 다름없는 이 집에서 하이드가 사용하는 방은 두 개였다. 방을 장식하고 있는 가구는 호화스러웠고, 찬장에는 와인이 가득했다. 방을 둘러싼 벽에는 책들이 꽂혀 있었고, 창문 아래에는 탁자 세트와 함께 안락의자가 있었다.

시선을 돌리자 장롱의 서랍이란 서랍은 모조리 나와 바닥에 뒹굴고 있는 것이 보였다. 침대 위에는 양말 몇 켤레와 더러운 셔츠가 그대로 널브러져 있었다. 아무래도 방 주인이 서둘러 달아난 것 같았다.

뉴커먼 경위는 잿더미에서 타지 않고 남아 있었던 초록색 수표책의 마지막 장을 꺼냈다. 방에서는 부러진 지팡이의 한쪽도 발견되었다. 하이드의 혐의를 입증할 증거가 나와서 경찰들은 기뻐했다. 두 사람은 은행으로 가서 살인범의 계좌에 수천 파운드가 있다는 사실도 알게 되었다.

"변호사님, 이제 잡은 것이나 다름없습니다. 그 녀석은 치밀하지 못하군요. 중요한 증거인 지팡이를 빠뜨리고 수표책을 태우다니. 쫓길 땐 돈이 목숨일 텐데. 이제 은행에서 기다리고 수배 전단을 뿌리기만 하면 됩니다."

하지만 수배 전단을 만드는 일은 쉽지 않았다. 나이 든 하녀마저도 하이드를 본 것이 두 번뿐이라고 했다. 게다가 하이드의 가족도 찾을 수 없었다. 하이드는 사진도 없었고, 그의 얼굴을 기억하는 사람들의 설명마저 제각각이었다. 하지만 그들 모두가 동의하며 의견이 일치한 것은 하이드가 남긴 인상이었다. 그것은 기분 나쁜 혐오감, 오로지 하나였다.

편지 사건

어터슨은 늦은 오후가 돼서야 경찰에게서 벗어났다. 그는 자기가 지팡이를 선물한 친구에 대해 뉴커먼 경위가 캐묻지는 않을지 걱정이 되었다. 하지만 다행스럽게도 뉴커먼 경위는 다른 생각에 잠겨 있었다. 그는 시간이 점점 지날수록 기운이 빠졌다. 하이드와 비슷한 사람 단 한 명도 은행에 오지 않았기 때문이다.

어터슨은 늦은 시간에 지킬 박사의 집으로 향했다. 풀은 어터슨을 반갑게 맞이하며 그를 연구실로 불리는 건물로 안내했다. 지킬 박사는 유명한 외과 의사에게 이 건물을 샀다. 지킬은 해부학보다는 화학에 관심이 있어서 건물 구조를 바꾸었다.

어터슨이 지킬의 집에서 이쪽 구역에 온 것은 처음이었다.

그는 호기심에 찬 시선으로 낡고 창문도 하나 없는 건물을 바라보았다. 한때는 열성적인 학생들로 가득했을 이곳은 쓸쓸하고 고요한 강의실이 되어 있었다. 어터슨은 그곳을 가로지르며 기묘한 거부감이 들었다. 테이블에는 실험 기구들이 놓여 있었고, 마룻바닥은 지푸라기들로 어질러져 있었다. 강의실 끝에는 붉은색 천으로 덮인 문까지 이어진 계단이 있었다. 그 계단을 올라가면 지킬 박사의 연구실이 있었다. 연구실은 유리를 끼운 서랍장이 있는 넓은 방이었고, 방 가운데에는 사무용 책상과 전신 거울이 있었다.

어터슨은 위층 창문에서 뒤뜰을 내려다보았다. 그곳에는 잘 가꾸어진 채소밭이 있었다. 그의 관심은 마당 건너편에 있는 작은 건물에 쏠려 있었다. 그 건물은 평범한 벽돌로 지어졌는데, 세월의 흔적으로 말미암아 색이 검게 변해 있었다. 잿빛 먼지로 덮인 작은 창문은 누군가가 손바닥으로 먼지를 닦은 듯 그 부분만 반짝거렸다.

난롯불 근처에 앉아 있던 지킬은 창백해 보였다. 그는 기운이 없는지 어터슨을 보고도 일어나지 못했지만, 손을 내밀어 환대했다. 목소리도 평소와 달랐다. 풀이 방에서 나가자, 어터슨은 재빨리 이야기를 시작했다.

"자네, 소식은 들었겠지?"

"광장에서 사람들이 소리치는 걸 들었네."

"그렇다면 경찰이 찾고 있는 사람도 알겠군."

어터슨은 말을 이었다.

"자네는 나의 오랜 고객이자 친구네. 커루 경 또한 마찬가지였어. 그러니 난 그를 죽인 자가 합당한 벌을 받는 것을 봐야겠네."

"하이드는 여기에 없어. 맹세하네. 앞으로 더는 그를 만나는 일이 없을 거야. 내 명예를 걸고 말하는 것이네. 이제 그도 내 도움을 원하지 않아. 그로 말미암아 주위 사람들이 고통을 받는 일도 없을 거야." 하고 지킬은 다소 언짢은 표정으로 말했다.

"자신하는 건가? 자네를 위해서라도 그 말이 맞기를 바라네. 재판이 열린다면 자네 이름이 거론될지도 몰라."

"걱정하지 말게나. 누구에게도 말할 수 없지만 확신하는 이유가 있네. 오늘 편지를 받았어. 나는 이 사실을 경찰에 알려야 할지 온종일 고민했네. 결국 제일 현명한 방법은 이 편지를 자네에게 보여 주는 것이라고 생각했지. 난 자네의 결정을 신뢰하겠네."

지킬은 벽난로 선반에서 편지를 꺼내서 어터슨에게 내밀었다. 그 편지의 내용은 짧았지만 기묘한 글씨체로 적혀 있어서 읽기에는 다소 힘이 들었다.

친애하는 지킬에게

　자네가 이 편지를 읽을 때면 난 멀리 떠나 있겠지. 지난 2년 동안 나에게 많은 호의를 베풀어 주었는데, 나는 나 자신만을 생각하며 지냈던 것 같네.

　이번엔 내가 좀 지나쳤어. 생각하면 생각할수록 나 자신이 야비하고 비열했지.

　경찰이 나를 붙잡는다면 바로 죽일 거야. 그들에겐 당연한 일이지만 나는 이 비루한 내 인생을 사랑하네. 그래서 그들에게 그런 기회를 주지 않으려고 하네.

　내가 가려고 하는 곳은 법의 손이 닿지 않는 곳이야. 그곳에서 친구들과 안전하게 지낼 생각이네.

　지금 가장 슬픈 점은 내 친구 중 최고인 지킬을 다시 보지 못한다는 것일세.

　　　　　　　　　　　　　　　　　　　에드워드 하이드

어터슨은 하이드의 편지를 읽고는 다소 마음이 놓였다. 자신이 의심했던 만큼 두 사람의 관계가 심각하지는 않은 것 같았다.

　"봉투도 있나?"

어터슨이 물었다.

　"편지를 읽기 전에 불태웠어. 소인이 없었던 것은 확실히 기억하네. 아마 하이드가 직접 우편함에 넣은 것 같아."

"내가 이 편지를 가지고 가서 제일 나은 방법을 천천히 생각해 봐도 될까?"

"고맙네. 자네 판단에 맡기겠네."

지킬은 덧붙여서 말했다.

"이제 나는 내 판단력을 믿지 못하겠어."

"그럼 하나만 더 묻겠네. 그 유언장에 실종이라는 말이 들어간 것은 하이드가 억지로 받아쓰게 한 것이었나?"

지킬은 창백해지더니 입을 다물고는 고개를 끄덕였다.

"맞아."

"그럴 줄 알았네!"

어터슨이 외쳤다.

"내가 두려워했던 것이 바로 이거야. 자네를 죽이려고 했던 거지. 잘 피해서 다행이네. 그는 대체 무슨 일로 자네를 위협한 것인가?"

"다 지나간 일이네."

지킬은 단호하게 말했다. 어터슨은 지킬의 태도를 보고는 더 물어봐야 소용이 없다고 판단했다. 어터슨은 무미건조하게 내일 오겠다고 말했다.

"이 편지를 어떻게 할지 결정하고 자네에게 알려 주기 전까지 다른 일은 하지 않을 생각이네."

"고맙네."

지킬은 안락의자에 앉아 두 손에 얼굴을 파묻었다.

어터슨은 지킬 박사의 집에서 나오다가 풀에게 물었다.

"풀, 오늘 박사님께 편지를 가져온 사람을 봤나? 혹시 생 김새는 어떻던가?"

하지만 풀은 우편으로 온 것 외에 다른 편지는 전혀 없었 다고 대답했다.

"우편으로 온 것들도 쓸데없는 광고뿐이었지요."

풀은 덧붙였다.

풀의 대답을 들은 어터슨은 다시 두려움을 느꼈다. 그는 하이드가 직접 편지를 연구실로 가지고 왔거나, 아니면 연구 실 안에서 편지가 작성된 것일지도 모른다는 생각이 들었다. 그게 사실이라면 달리 생각해 보고 더욱 주의해야 했다.

거리에서는 신문팔이 소년들이 소리를 지르며 신문을 팔 고 있었다.

"호외입니다! 호외예요! 하원 의원 살인 사건입니다!"

신문팔이 소년들의 외침은 그의 고객이자 친구였던 커루 경에 대한 추도사였다. 어터슨은 또 다른 친구인 지킬 박사 역시 추문에 휩싸이진 않을까 걱정이 되었다. 지금까지 어터 슨은 자신 있고 명쾌하게 일을 처리했지만, 이번 사건만은 다 른 사람의 충고가 듣고 싶어졌다. 그 사람에게 모든 것을 다

솔직하게 말할 수는 없겠지만, 넌지시 돌려 말해서 조언을 얻을 수도 있겠다고 생각했다.

그날 밤, 어터슨은 사무실 직원인 게스트에게 퇴근 후 술을 한잔 마시자고 했다. 어터슨은 그에게 하이드의 편지를 보여 줄 생각이었다. 게다가 그의 취미는 필체 연구여서 어터슨이 놓친 것을 발견할 수도 있었다.

두 사람은 난롯가에 앉았다. 둘 사이에는 난롯불과 와인 한 병이 있었다. 이 와인은 어터슨 집 지하실에서 오랜 시간 동안 숙성된 와인이었다. 안개는 잠든 도시 위를 날고 있었고, 가로등은 붉은 보석처럼 빛났다. 도시의 삶을 실은 마차들은 런던을 휘감고 있는 짙은 안개 속에서 바람 소리를 내며 요란하게 도로를 달렸다. 하지만 방 안은 난로가 있어서 아늑했다.

어터슨은 조금씩 긴장이 풀렸다. 게스트는 어터슨이 무척 신뢰하는 사람이었다. 어터슨은 종종 그에게 비밀을 털어놓았다. 그래서 가끔은 자기 자신보다 게스트가 더 자신의 비밀을 잘 지키고 있다는 생각이 들 정도였다. 게다가 게스트는 종종 일 때문에 지킬 박사의 집에 방문했고, 풀과도 아는 사이였다. 따라서 게스트도 하이드가 그 집에 방문했다는 사실을 알고 있을 것이다. 오히려 그가 현명한 판단을 내릴 수도 있을 것이다. 게스트는 필체 연구를 할 뿐만 아니라 변호사이므로 편지를 보면 자신의 의견을 정확히 말할 것이고, 어터슨은 그 의견을 듣고 방향을 정하면 되는 것이었다. 생각을 정리한 어터슨은 서서히 입을 열었다.

"댄버스 커루 경 사건 말이야. 정말 유감스럽지 않은가?"

"네, 맞습니다. 그 사건 때문에 굉장히 소란스럽더군요. 그렇게 좋은 분을 살해하다니, 범인은 분명 미치광이일 거예요."

그러자 어터슨이 말했다.

"그런데 자네에게 한 가지 말하고 싶은 것이 있네. 실은 내가 범인이 쓴 편지를 가지고 있다네. 여기 이 편지를 자네의 방식대로 읽어 보고 의견을 말해 주면 좋겠어."

그 말을 들은 게스트의 눈이 반짝였다. 그는 편지를 조심스럽게 받아 들고는 뚫어지게 쳐다보며 꼼꼼하게 검토하기 시작했다.

"변호사님, 필체가 좀 독특하긴 하지만, 미친 사람은 아닌 것 같습니다."

바로 그때 하인이 편지 한 통을 가지고 왔다.

"지킬 박사님이 보내신 건가요? 박사님의 필체를 본 적이 있는 것 같아요."

"음, 저녁 식사 초대장일세. 왜 그러나? 자네도 한번 보겠나?"

"네, 잠시만 살펴보겠습니다. 감사합니다."

게스트는 두 개의 편지를 나란히 놓고 필체를 비교하기 시작했다. 잠시 후 그는 편지들을 어터슨에게 돌려주면서 말했다.

"이 두 편지의 필체는 기묘하게 닮았습니다. 글씨가 기울어진 각도만 다를 뿐, 여러 가지로 너무 비슷해요."

"그거, 참 이상한 일이군."

"제 생각에도 정말 이상하네요."

"여하튼 이 편지에 대해선 비밀을 지켜 주게."

"네, 그렇게 하겠습니다."

게스트가 돌아간 후 어터슨은 혼자 남게 되었다. 그는 하이드의 편지를 금고에 넣은 후 다시는 그 편지를 보지 않겠다고 다짐했다.

'헨리 지킬이 살인범을 지키기 위해 편지를 위조하다니!'

어터슨은 이런 생각이 들자, 온몸의 피가 굳어 버리는 것 같았다.

라니언 박사에게 닥친 충격적인 사건

커루 경 살인 사건은 영국 사회에 큰 충격을 주었다. 수천 파운드의 현상금이 걸렸지만, 하이드는 마치 이 세상에 존재하지 않는 사람처럼 사라져 버렸다. 그동안 그의 행적들이 드러나 사람들의 입방아에 올랐지만 그의 행방을 아는 사람은 아무도 없었다.

하이드는 살인 사건이 일어났던 날 아침, 소호 거리의 집에서 나온 이후 사라졌다. 시간이 점차 흐르면서 어터슨은 불안감에서 벗어나 냉정해질 수 있었다. 어터슨은 하이드가 사라진 것이 커루 경의 죽음에 대한 보상이라고 생각했다.

하이드의 사악한 영향력에서 벗어나게 된 지킬은 꼼짝하지 않고 지내던 생활을 뒤로하고 친구들과 다시 어울리기 시작했다. 그는 이전에도 자선가로 유명했지만, 이제 그에게 자선은 신조가 되었다. 그는 바쁘게 생활하고 선행을 베풀고 봉사했다.

어터슨은 1월 8일 지킬 박사의 집에 식사 초대를 받았다. 라니언도 초대되었다. 세 사람은 한때 막역했던 시절을 떠올리며 즐겁게 대화를 나누었다. 하지만 어터슨은 1월 12일에 지킬 박사를 찾아갔지만 그를 만나지 못했다. 1월 14일에 다시 방문한 어터슨에게 풀은 지킬이 아무도 만나고 싶어 하지 않는다고 전했다. 어터슨은 그다음 날에도 지킬을 찾아갔지만, 여전히 그를 만날 수 없었다. 지난 두 달간 거의 매일 지킬과 만났었던 어터슨은 마음이 무거워졌다. 1월 16일 밤에는 어터슨에게 저녁 식사를 함께할 손님이 찾아왔다. 그래서 어터슨은 1월 17일 밤에 라니언 박사를 찾아갔다.

라니언의 집에서는 출입을 거절당하지는 않았다. 집 안으로 들어선 어터슨은 너무 변해 버린 라니언의 얼굴을 보고는 매우 놀랐다. 며칠 사이에 라니언의 얼굴에는 죽음의 그림자가 드리워져 있었다. 그는 살이 빠지고 안색이 창백했으며 눈에 띨 정도로 머리카락이 빠져서 노인처럼 보였다. 육체적 변화만 있는 것이 아니었다. 라니언의 눈빛과 태도에는 공포심이 담겨 있었다. 어터슨은 생각에 잠겼다.

'저 친구에게 도대체 무슨 일이 일어난 거지? 라니언은 의사니까 자신의 몸 상태에 대해서 잘 파악하고 있겠지. 저 친

구의 눈빛을 보니 자기 죽음이 임박했다는 것을 알고 견딜 수 없는 상태인 것 같군.'

어터슨은 친구에게 걱정스러운 말투로 안색이 좋지 않아 보인다고 말했다. 그러자 라니언은 의외로 단호한 말투로 말했다.

"어터슨, 맞아. 난 살날이 얼마 남지 않은 것 같네. 최근에 큰 충격을 받은 일이 있어서일 거야. 절대 회복할 순 없을 것 같네. 난 그동안 삶을 즐기면서 행복하게 살았지. 종종 이런 생각도 한다네. 만약 사람이 모든 것을 다 알게 된다면 차라리 죽는 것이 더 행복할지도 모른다고 말이야."

어터슨은 당황스러운 표정으로 말했다.

"지킬도 자네처럼 병에 걸린 듯하네. 최근에 그를 만난 적이 있나?"

"지킬의 이름은 꺼내지도 말게. 난 그를 두 번 다시 보고 싶지 않고, 그에 관한 이야기도 듣고 싶지 않아."

라니언은 떨리는 목소리로 계속 말했다.

"난 이미 지킬과 인연을 끊었네. 난 이제 그를 죽은 사람으로 생각하고 있으니 그 얘기는 이제 그만하게나."

한참 동안 침묵하던 어터슨이 입을 열었다.

"내가 도울 수 있는 일은 없겠나? 우리 셋은 오랜 친구이지 않은가."

라니언이 대답했다.

"아무것도 없네. 그렇게 궁금하다면 지킬에게 직접 물어보게나."

"그는 방에 틀어박혀서 아무도 만나고 있지 않네."

"어터슨, 내가 죽고 나면 모든 비밀을 알게 될 거야. 그러니 그동안은 되도록 다른 이야기를 했으면 좋겠네. 저주받은 지킬의 이야기를 계속할 거라면 나가 주게."

어터슨은 집에 돌아와서 지킬에게 편지를 썼다. 왜 자신을 만나려고 하지 않는지 묻는 내용의 편지였다. 다음 날 도착한 답장은 애처로우면서도 알 수 없는 내용이 담겨 있었다.

친애하는 어터슨

나는 우리의 오래된 친구인 라니언을 비난할 생각이 없어. 하지만 나도 우리가 다시 만날 일은 없다고 생각하네. 나는 앞으로 더 철저하게 숨어서 지낼 생각이야. 자네를 만나지 않는다고 해서 내 우정을 의심하지는 말아 주게. 나 혼자 불행한 길을 걷도록 두게나. 자세히 말할 수 없지만 내가 받는 벌은 내가 초래한 것이네. 나는 죄인이고, 그래서 벌을 받고 있네. 이렇게 무기력한 고통이 어디 있겠는가. 어터슨, 자네가 이 운명을 덜어 주기 위해 해 줄 수 있는 일이 있네. 그건 바로 내 침묵을 존중해 주는 것이네.

어터슨은 편지를 읽고 매우 놀랐다. 하이드의 영향권에서 벗어난 지킬은 예전으로 돌아와 있었다. 일주일 전만 해도 유쾌했던 그는 일순간 좌절한 인간이 되어 있었다. 일주일 전의 그는 유쾌하고 명예로운 노년에 대한 기대로 희망을 머금고 있었다. 하지만 이제는 우정이나 마음의 평화, 삶의 행복 전부가 엉망이 되어 버린 것이다. 갑작스러운 그의 변화는 미친 증세로밖에 보이지 않았다. 하지만 라니언의 행동이나 말을 보면 뭔가 자세히 알 수 없는 배경이 분명히 있는 것 같았다.

그로부터 일주일 후, 라니언 박사는 병석에 눕게 되었고 채 2주를 넘기지 못한 채 목숨을 잃고 말았다. 장례식 날 밤, 어터슨은 깊은 슬픔에 잠겨 사무실 문을 잠그고 앉아 있었다. 그의 앞에는 죽은 친구가 주소와 이름을 쓰고 봉인한 봉투가 있었다.

봉투에는 '어터슨만 뜯을 것. 어터슨이 사망했다면 없앨 것.'이라고 적혀 있었다.

어터슨은 두려운 마음으로 봉인된 봉투를 열었다. 안에는 비슷하게 봉인된 봉투가 또 있었는데, 겉봉에는 '헨리 지킬 박사가 사망하거나 실종될 때까지는 열지 말 것.'이라고 적혀 있었다.

어터슨은 라니언의 편지에서 실종이라는 단어가 언급된 것을 보고는 눈을 의심했다. 유언장에서 실종이라는 말이 나온 것은 협박이었다. 라니언이 쓴 실종은 무슨 의미일까.

어터슨은 친구의 말을 무시하고 진상을 파헤치고 싶다는 욕망에 사로잡혔다. 하지만 죽은 친구에 대한 신의를 지키는 것은 그의 의무였다. 어터슨은 봉투를 뜯지 않고 서랍 깊숙한 곳에 넣어 두었다.

호기심을 다스리는 것과 극복하는 것은 달랐다. 그날 이후 어터슨은 살아 있는 친구 지킬을 만나고 싶다는 마음이 예전처럼 간절하게 들지는 않았다. 어터슨은 여전히 진심으로 지킬을 돕고 싶었다. 하지만 그는 불안하고 두려웠다. 지킬의 거절이 오히려 그에게 안도감을 주기도 했다. 풀은 좋은 소식을 들려주지 않았다. 지킬 박사는 예전보다 더 자주 연구실에 틀어박혀 있고, 가끔 밤새도록 연구에 매진한다고 했다. 기운이 빠진 듯 침묵할 때가 많고, 최근에는 독서도 하지 않는다고 했다. 뭔가 마음에 걸리는 일이 있는 사람처럼 보인다고 했다. 이렇듯 풀은 늘 비슷한 이야기를 전했고, 이에 익숙해진 어터슨은 조금씩 발길이 뜸해졌다.

창문에서 있었던 일

일요일에 엔필드와 어터슨은 산책에 나섰다. 두 사람은 우연히 예전에 갔었던 그 뒷골목으로 향했다. 그 집 앞에 다다른 두 사람은 걸음을 멈추고 뚫어지게 바라보았다. 엔필드가 말했다.

"그 이야기도 이제 결말이 지어졌군요. 두 번 다시 하이드를 보진 못하겠지요."

"그랬으면 좋겠네. 나도 하이드를 만난 적이 있어. 그 말을 했던가? 소름 끼칠 정도로 괴물 같은 인상을 줬다고 한 것이 단박에 이해됐네."

"잠깐이라도 그를 봤다면 모두가 그런 생각을 했을 겁니다. 그런데 전 여기가 지킬 박사님 댁과 붙어 있다는 것도 몰랐으니 참 어리석었네요. 제가 그 사실을 알게 된 것은 변호사님 덕입니다."

"자네도 알고 있는가? 그렇다면 안뜰로 가서 창문을 좀 들여다보게. 지킬을 생각하면 마음이 아파. 친구가 찾아온 것이 지킬에게 힘이 될 수도 있어."

안뜰은 춥고 습했다. 하늘은 아직 석양빛으로 밝았지만, 점점 어둠이 가라앉고 있었다. 2층 창문 중에서 가운데 창문이 반 정도 열려 있었다. 지킬 박사가 슬픔이 가득한 모습으로 창을 바라보고 있는 것이 눈에 들어왔다. 어터슨이 외쳤다.

"지킬! 좀 어떤가?"

"좋지 않아. 몹시 나쁜 상태네. 오래 버틸 수 없을 것 같아."

"그렇게 집에만 있으니 더 나빠지는 거야. 밖으로 나와 산책이라도 하세. 여기는 내 사촌 엔필드라네. 어서 이리 나와서 우리와 산책하는 것이 어떤가."

"자넨 정말 좋은 친구야."

지킬 박사는 한숨을 쉬었다.

"나도 그러고 싶지만 그럴 수가 없네. 그래도 자네 얼굴을 봐서 정말 기뻐. 자네와 엔필드 씨에게 들어오라고 하고 싶지만 그러지 못해 미안하네."

"그래? 그렇다면 여기서라도 잠시 이야기를 나누는 것이 어떤가."

어터슨이 친절하게 말했다.

"그 말을 하고 싶던 참이었네."

지킬 박사는 웃으며 말했다. 하지만 말이 끝나기가 무섭게 지킬 박사의 얼굴에서는 웃음기가 사라졌다. 그는 절망과 공포, 수심이 가득한 얼굴을 내비쳤다. 엔필드와 어터슨은 온몸이 얼어붙는 듯 소름이 돋았다. 그들이 그 모습을 본 것은 찰나였다. 갑자기 창문이 닫혔다. 두 사람은 조용히 안뜰을 빠져나왔다. 아무 말도 없이 뒷골목을 나와 일요일에도 북적북적한 옆 거리로 들어서서야 어터슨은 엔필드를 바라보았다. 두 사람은 얼굴이 하얗게 질려 있었다. 두 사람의 눈동자는 같은 공포로 가득했다.

"맙소사, 맙소사!"

어터슨은 중얼거렸다.

엔필드는 고개를 끄덕이며 동의했다. 그러고는 다시 말없이 발걸음을 재촉했다.

마지막 밤

어터슨이 식사를 끝낸 어느 날 저녁, 뜬금없이 풀이 찾아 왔다.

"풀, 자네가 무슨 일로 찾아왔나?"

어터슨은 풀을 천천히 바라보며 말했다.

"무슨 일 있나? 지킬이 아픈가?"

풀이 대답했다.

"어터슨 씨, 아무래도 너무 이상합니다."

"이리로 오게. 앉아서 와인이라도 한잔 마시게. 침착하게 말해 주겠나?"

"잘 아시다시피 요즘 지킬 박사님은 집 밖으로 나가시지 않습니다. 그런데 집 안에서도 연구실 안에만 틀어박혀 계십니다. 저는 너무 무섭고 걱정이 됩니다."

"풀. 나에게 아무것도 숨기지 말고 말해 주게. 무엇이 무섭다는 것이지?"

"일주일 내내 무서워서 혼났습니다. 이제 더는 못 참겠습니다."

풀은 고집스럽게 대답하지 않으면서 두렵다는 말만 되풀이했다.

풀의 표정은 그의 말을 대변하고 있었다. 처음 무섭다는 말을 꺼낸 순간을 제외하면 풀은 어터슨의 눈을 보지 못하고 있었다. 지금도 그는 마시지 않은 와인 잔을 무릎에 올려놓고는 구석을 바라보고 있었다.

"이제는 참을 수 없습니다."

풀은 이 말을 계속 되풀이했다.

"뭔가 잘못되어 가고 있군. 무엇인지 말해 주게."

"아주 흉악한 범죄가 일어난 것 같습니다."

"범죄라니? 흉악한? 무슨 사건인가?"

풀이 말했다.

"더 말씀드릴 순 없습니다. 저와 같이 박사님 댁에서 직접 봐 주시길 바랍니다."

어터슨은 자리를 박차고 일어나 모자와 외투를 집었다. 풀의 말에 대답한 셈이었다. 풀은 그런 어터슨을 보고는 안도의 한숨을 내쉬었다.

3월에 걸맞게 날씨는 매우 추웠다. 하늘에는 하얀 달이 떠 있었고, 달 이면에는 바람에 나부끼는 천 같은 구름이 흩날렸다. 대화를 나누기 힘들 정도로 바람이 세차게 불어서 얼굴이 상기되었다. 추위 때문인지 거리는 한산했다.

어터슨은 런던의 거리가 이렇게 쓸쓸해 보인 적은 없었다고 느꼈다. 요즘처럼 사람을 그리워한 적도 없었다. 그런 생각 때문인지 재앙이 가까이 다가왔다는 불길한 느낌이 들었다.

지킬 박사의 집 앞에 도착하자, 더 센 바람과 먼지가 몰아쳤다. 정원 난간을 따라 심어 놓은 나무들이 서로 뒤엉키고 있었다. 오는 내내 한두 걸음 앞서던 풀은 걸음을 멈추더니 모자를 벗고는 땀을 닦았다. 어터슨은 그가 땀이 난 이유는 움직임 때문이 아니라 심리적인 것 때문이라고 쉽게 짐작했다. 풀은 계속 얼굴이 창백했고, 거슬릴 정도로 심하게 말을 더듬었다.

"변호사님, 드디어 도착했네요. 제발 아무 일이 없길 바랍니다."

"아멘."

풀은 매우 조심스럽게 문을 두드렸다. 체인이 걸린 문이 열리며 안쪽에서 소리가 들렸다.

"풀 아저씨인가요?"

"그래, 문을 열게."

집 안으로 들어서자 거실이 환했다. 불이 타고 있는 난롯가에는 모든 하인이 서로의 몸을 꼭 붙인 채 모여 있었다. 어터슨을 보자 한 하녀가 울음을 터뜨렸다. 요리사는 크게 비명을 질렀다.

"하느님! 어터슨 변호사님이 와 주셨어요!"

요리사는 어터슨을 당장이라도 껴안을 듯 다가왔다.

"왜들 이러는 건가. 여기에 모여서 뭐 하는 거야."

어터슨이 영문도 모른 채 물었다.

"보기에 좋지 않군. 자네들 주인이 보면 절대 좋아하지 않을 거야."

그러자 풀이 말했다.

"모두 무서워서 그럽니다."

침묵이 이어졌다. 아무도 말하지 않았다. 울고 있던 하녀의 흐느끼는 소리만 들렸다.

"조용히 해!"

풀도 신경이 곤두선 듯 하녀를 향해 소리를 질렀다. 그러자 그녀는 더욱 목소리를 높여 울었고, 다른 하인들은 공포에 질려서 안쪽 문을 보았다.

"넌 촛불을 이리 다오. 빨리 해치우자."

풀은 잔심부름을 도맡아 하는 소년을 가리키며 말했다.

그는 어터슨에게 자기를 따라오라고 한 후 뒷마당으로 안내했다.

　"변호사님, 되도록 조용히 따라와 주십시오. 변호사님이 오셨다는 걸 그쪽에서 눈치채면 안 되니까요. 그리고 혹시 안에서 들어오라고 하셔도 가선 안 됩니다." 무슨 일이 일어날지 알 수 없는 상황에서 어터슨은 신경이 곤두섰다. 그는 신경을 너무 쓴 나머지 균형을 잃고 넘어질 뻔했다. 그러나 다시 정신을 차리고 풀을 따라 연구실로 향했다. 두 사람은 나무 상자, 병 같은 잡다한 물건들이 있는 수술실 강당을 지나 계단에 도착했다. 여기에서 풀은 귀를 기울이라는 몸짓을 했다. 그는 촛불을 내려놓고 엄청나게 집중한 상태로 귀를 기울였다. 풀은 연구실 문을 두드렸다.

　"주인님, 어터슨 씨가 오셨습니다."

　풀은 말하면서도 귀를 기울이라는 신호를 계속 보냈다.

　"만나고 싶지 않다고 전해 주게."

　안에서는 탐탁지 않아 하는 목소리가 흘러나왔다.

　"알겠습니다."

　대답하는 풀의 목소리에서는 안도감이 느껴졌다. 그는 촛불을 들고 안뜰을 지나 어터슨을 거대한 주방으로 안내했다. 주방 화덕은 불이 꺼져 있는 상태였다. 바닥에서는 딱정벌레들이 뛰어다녔다.

"변호사님, 저희 주인님의 음성이 맞다고 생각하시나요?"

풀이 어터슨의 눈을 바라보며 말했다.

"변한 것 같네."

어터슨은 창백한 얼굴로 풀에게 말했다.

"변했다고요? 네, 저도 그렇게 생각했습니다. 주인님을 20년 넘게 모신 제가 주인님 목소리를 못 알아들을 수 있을까요? 아닙니다. 주인님은 돌아가신 것 같습니다. 여드레 전에 주인님께선 하느님을 부르며 비명을 질렀습니다. 그때 돌아가신 것 같습니다. 주인님 대신 저 안에 있는 사람은 누구일까요? 그리고 왜 계속 저러고 있는 건지 정말 알 수 없는 일 아닙니까?"

"풀, 얼토당토않은 이야기를 하는군."

어터슨이 대답했다.

"자네 추측처럼 지킬 박사가 살해됐다고 쳐도 왜 범인이 저기 있겠는가? 말이 안 되네. 논리에 맞지 않는 이야기야."

"어터슨 변호사님은 꼼꼼하신 분이시지요. 제가 설명하겠습니다."

풀은 계속 말했다.

"지난주 내내 연구실 안에 있는 저 사람이 밤낮으로 약을 구해 오라고 소리를 질렀습니다. 하지만 아직 그 약을 구하지 못한 것 같습니다. 저희 주인님은 종종 쪽지에 시킬 것들을 써서 놔두곤 하셨습니다. 지난주에는 쪽지를 빼곤 아무것도 없었습니다. 문은 항상 닫혀 있었고요. 문 앞에 음식을 갖다 드리면 아무도 없을 때 음식만 가지고 들어갔습니다. 매일 두어 번 새로운 지시 사항과 불평을 적은 쪽지가 나와 있었습니다. 저는 주인님이 시키신 대로 약국을 모두 뒤져서 약을 구했습니다. 그런데 매번 약에 불순물이 섞였으니 돌려보내라는 지시와 다른 약국을 찾으라는 지시가 적힌 쪽지가 있었습니다. 무슨 약인지 알 수는 없지만 간절하게 원하는 것 같습니다."

"그 쪽지를 하나라도 갖고 있나?"

풀은 주머니에서 구겨진 종이를 한 장 건넸다. 어터슨은 그 쪽지를 자세히 보았다.

〈지킬 박사가 모우 약국에 고하는 불만〉

모우 약국에서 지난번에 보낸 샘플에 불순물이 섞였습니다. 그래서 현재 필요한 용도에는 소용이 없습니다. 18XX년 저는 모우 약국에서 어떤 약품을 아주 많이 샀습니다. 그 약을 찾아봐 주십시오. 그리고 같은 품질의 약이 있다면 즉시 저에게 보내 주시길 바랍니다. 가격은 상관없습니다. 이 약품은 저에게 매우 중요합니다.

침착한 어조였지만, 마지막으로 갈수록 감정이 북받치는 듯 펜의 흔적이 흐트러져 있었다. "제발 부탁합니다. 예전 약품을 조금이라도 구해 주십시오."라는 말도 덧붙어 있었다. 어터슨이 물었다.

　　"이상하군. 왜 봉투가 없지?"

　　풀이 대답했다.

　　"모우 약국 사람이 편지를 읽고 화를 내며 마치 쓰레기를 건네받은 것처럼 저에게 돌려주었습니다.

　　"지킬 박사의 글씨라는 것은 확실하군. 그렇지?"

　　"그런 것 같습니다."

　　풀은 급하게 말을 이었다.

　　"글씨체는 중요하지 않습니다. 그 사람을 제가 봤습니다."

　　"보았다고?"

　　"그렇습니다. 바로 이 길에서 보았지요. 제가 계획 없이 정원에서 강의실 쪽으로 들어온 적이 있었습니다. 연구실 문이 살짝 열려 있었던 걸 보면 무슨 약을 찾으려고 몰래 나왔던 모양이었습니다. 강의실 끝에서 상자들을 뒤적거리고 있다가 비명을 지르더니 2층으로 달아나 버렸습니다. 그를 본 것은 아주 짧은 순간이었지만, 온몸에 털이 곤두섰습니다. 변호사님, 만약 그 사람이 주인님이었다면 왜 복면을 했을까요? 저를 보고 왜 비명을 질렀을까요? 왜 황급히 달아났을까요?

대체 왜……."

"정말 이상한 일이군. 하지만 알 수도 있을 것 같네. 풀, 지킬은 외양이 추해지는 병에 걸린 거야. 그래서 목소리가 변하고 복면을 쓰고 친구들을 피한 거지. 치료할 수 있다는 희망에 그 약을 찾은 게 아니겠나. 나는 그렇게 생각해. 그렇게 불안해할 필요는 없을 것 같네."

"그렇지만 변호사님, 그자는 주인님이 아니었습니다. 분명히요. 주인님은 키가 크고 체격이 좋은데, 그자는 난쟁이처럼 작았습니다. 제가 20년 동안 모신 주인님을 못 알아볼 수 있을까요? 매일 아침 보았는데요. 그자는 절대로 지킬 박사님이 아닙니다. 저는 그 방에서 살인이 일어났다고 확신합니다."

"풀, 자네가 그렇게까지 말한다면 확실히 해 두는 것이 좋겠군. 자네 주인의 기분을 상하게 하고 싶지 않고 이 쪽지가 지킬 박사가 살아 있다는 증거가 되니, 혼란스럽지만 문을 부수고 들어가 보는 것이 좋겠네."

풀이 외쳤다.

"맞습니다."

"그럼 이제 두 번째 문제가 생겼네. 이 일을 누가 해야 하나?"

"변호사님과 제가 들어가는 것이 좋을 것 같습니다."

풀은 겁내지 않았다.

"좋아, 그렇게 하지. 무슨 일이 생기더라도 자네에게 피해가 가지 않도록 하겠네."

"강의실에 도끼가 있습니다. 변호사님은 부지깽이를 가져가십시오."

어터슨은 투박하고 무거운 부지깽이를 들었다.

"풀, 지금 우리가 하려는 일은 매우 위험할 수도 있네."

"잘 알고 있습니다."

"좋아, 그렇다면 솔직해지기로 하지. 우리 둘은 마음속으로 생각했지만 차마 하지 못한 말이 있어. 복면을 쓴 그 사람, 누구인지 알아보았지?"

"변호사님, 그가 빨리 달아나 버렸고 몸을 움츠리고 있어서 확신할 순 없습니다. 변호사님께서 하이드 씨를 의심하는 거라면 맞습니다. 그 사람 같았습니다. 그리고 연구실 열쇠를 가진 사람도 그 사람뿐입니다. 살인 사건이 일어났을 때도 그가 열쇠를 갖고 있었다는 사실을 잊지 않으셨지요? 하지만 다른 것도 있습니다. 변호사님, 혹시 그를 만나 보셨나요?"

"한 번 만났네. 잠깐 이야기를 나눴지."

"그렇다면 잘 아시겠군요. 하이드 씨는 사람을 돌아보게 만들지요. 설명하기가 힘들지만, 왠지 모르게 불쾌하게 만드는 점이 있습니다."

"나도 그렇게 생각하네."

"확실히 그렇습니다. 복면한 그자가 연구실로 뛰어갈 때 제 등에 얼음같이 차가운 기운이 돌았습니다. 그것이 증거가 될 수 없다는 것은 잘 압니다. 그렇지만 변호사님, 사람은 직관할 수 있습니다. 제 느낌으로 그자는 분명 하이드 씨가 맞았습니다."

"나도 자네와 같네. 나도 같은 두려움을 가지고 있어. 악마가 둘을 연결해 준 것은 아닌지. 불쌍한 지킬이 살해된 것 같은 생각이 드네. 지킬을 죽인 자는 여전히 저 방에 숨어 있고. 하느님은 아시겠지. 브래드쇼를 부르게."

마부 브래드쇼는 겁에 질려 안절부절못했다.

어터슨이 말했다.

"정신 차리게나. 자네들이 겁내고 있다는 것은 나도 알고 있어. 이제 이런 상황을 끝내자고. 풀과 나는 무슨 수를 써서라도 연구실로 들어갈 생각이네. 연구실 안에 별일이 없다면 책임은 내가 질 거야. 그렇지만 정말 뭔가 잘못됐다면 범인이 달아나지 못하게 막아야 해. 자네는 하인들과 함께 몽둥이를 들고 연구실 건물의 뒷문을 지키게. 10분 후, 우리는 연구실로 들어가겠네. 10분 안에 맡은 자리로 가게."

브래드쇼가 자리를 떠나자, 어터슨은 시계를 보았다.

"우리도 우리 자리로 가지."

어터슨은 부지깽이를 들고 앞장서서 안뜰로 갔다. 구름이 달을 가린 탓에 주위는 깜깜했다. 바람은 건물 틈새로 계속 불었다. 그 덕에 강의실에 갈 때까지 촛불 그림자가 이리저리 움직였다. 그들은 조용히 앉아서 시간이 되기를 기다렸다. 거리의 소음이 들렸다. 하지만 주변은 침묵뿐이었고, 고요함을 깨는 것은 연구실을 왔다 갔다 하는 발소리밖에 없었다. 풀이 작게 말했다.

"변호사님, 저 사람은 온종일 서성입니다. 밤에도 계속이요. 약국에서 샘플이 도착했을 때만 다른 소리가 들리지요. 저 사람이 저러는 건 죄책감 때문이 아닐까요? 발자국 하나하나에 피가 묻어나지 않을까요? 가까이 가서 귀를 대 보세요. 저게 박사님의 발소리 같으신가요?"

발소리는 특유의 박자로 가볍지만 느리게 들렸다. 정말 지킬의 묵직한 발소리와는 달랐다. 어터슨은 한숨을 내쉬며 물었다.

"다른 일은 없었나?"

풀은 고개를 끄덕였다.

"한번은 흐느끼는 소리를 들었습니다."

풀이 말했다.

"흐느끼다니? 어떻게?"

"마치 지옥에 떨어진 사람처럼 울더군요. 듣는 저도 눈물이 나올 것 같아서 돌아섰습니다."

이제 약속한 10분이 다 되어 갔다. 풀은 짐을 포장하는 데쓰는 밀짚 아래서 도끼를 꺼냈다. 촛불은 테이블 위에 두었다. 두 사람은 숨을 죽이고 서성이는 발소리만 가득한 연구실로 다가갔다.

어터슨은 외쳤다.

"지킬, 자네를 만나야겠어!"

그는 잠시 말을 멈추었다. 안에서는 기척이 없었다.

"자네에게 경고하는 거야. 아무래도 의심스러워서 자네를 만나야겠네."

어터슨은 다시 외쳤다.

"정상적으로 들어가고 싶지만, 그게 안 된다면 변칙적으로 들어가겠네. 자네의 동의 없이 강제로 들어가야겠어."

"어터슨, 제발. 부탁하네."

안에서 소리가 났다.

"지킬의 목소리가 아니야. 하이드야!"

어터슨은 다급하게 말했다.

"풀, 문을 부수도록 해!"

풀은 도끼를 머리 위로 들어 올렸다가 내리쳤다. 건물 전체가 흔들렸다. 자물쇠가 경첩에 걸려 튀었다. 연구실 안에서는 공포에 몸부림치는 짐승의 소리가 나왔다. 풀은 다시 도끼를 내리쳤다. 널빤지가 부서졌다. 그는 도끼를 네 번이나 내리쳤다. 나무는 단단해서 여전히 끄떡하지 않았다. 다섯 번을 내리치자 자물쇠가 깨지고 그 부속물들이 떨어졌다.

소란을 벌인 후 조용해지자, 두 사람은 멈칫하고 방 안을 살폈다. 조용히 타고 있는 램프 아래 연구실의 모습이 한눈에 들어왔다. 불이 타오르고 있는 난로와 물이 끓고 있는 주전자가 보였다. 서랍이 한두 개 열려 있었고, 책상 위 문서들은 정리되어 있었다. 약품들이 들어찬 서랍장들만 아니라면 누가 봐도 평범한 장소였다.

방 한가운데에는 고통으로 일그러져 몸을 꿈틀거리는 남자가 있었다. 그는 쓰러진 채 몸부림에 가까운 몸짓을 하고 있었다. 두 사람은 조심스레 다가가 그를 눕혔다. 하이드였다. 그는 너무 커서 지킬 박사의 몸에나 맞을 듯한 옷을 입고 있었다. 그의 얼굴은 살아 있는 사람 같았지만 이미 숨을 거둔 상태였다. 손에 들린 깨진 유리병과 공기 중에 떠도는 냄새로 보아 자살이 확실했다.

"늦었네."

어터슨은 딱딱하게 말했다.

"살리기에도 죽이기에도 늦었어. 하이드는 벌을 받기 전에 죽었네. 이제 자네 주인의 시체를 찾아야겠군."

이 건물은 위에서 빛이 들어오는 1층 대부분은 강의실이 차지하고 있었고, 안뜰이 보이는 2층 한쪽 끝은 연구실로 되어 있었다. 강의실 옆 복도는 뒷골목으로 이어져 있었다. 이 복도를 통해 아무도 모르게 연구실에 오르는 계단으로 갈 수 있었다. 그 외에는 작은 방들과 커다란 창고가 있었다.

두 사람은 모든 곳을 뒤졌다. 각 방은 모두 텅 비어 있어서 한번 훑어만 봐도 충분했다. 문을 열자 먼지가 떨어지는 것으로 보아 오랫동안 닫혀 있었다는 것을 알 수 있었다. 창고는 잡동사니들로 가득했다. 대부분 지킬이 들어오기 전에 이 집에 살았던 외과 의사가 쓰던 물건들이었다. 그들은 오랜 시간 동안 집을 지은 거미줄 더미가 떨어져 내려 더 뒤질 필요도 없게 생긴 문도 열어 보았다. 풀은 복도에 깔린 돌 위로 발을 굴렀다. 그는 발을 구르며 소리에 집중했다.

"여기에 파묻었을지도 모릅니다."

"어쩌면 피신할 수 있었을지도 몰라."

어터슨은 뒷골목으로 향하는 문을 자세히 들여다보았다. 문은 잠겨 있었고, 문 근처에는 이미 녹이 슨 열쇠가 보였다.

"사용하기 힘든 열쇠 같군."

어터슨은 열쇠를 유심히 보았다.

풀이 말했다.

"변호사님, 이 열쇠는 부서졌군요. 사람이 밟은 것처럼 보입니다."

"아, 망가진 부분까지 녹슬었군."

두 사람은 두려운 마음에 서로를 바라보았다.

"정말 알 수가 없어. 연구실로 들어가 보세."

두 사람은 아무 말 없이 연구실로 향했다. 그러고는 시체를 가끔 돌아보며 연구실 안을 조사했다. 테이블에는 화학 실험을 한 흔적이 보였다. 분량을 잰 하얀 소금 결정들이 담긴 유리 접시들이 있었다. 이것을 보면 이 남자는 여러 실험을 하다가 실패한 듯했다.

"제가 매번 사 왔던 약입니다."

주전자는 그 와중에 소리를 내며 끓어올랐다. 주전자의 소리를 들은 두 사람은 난롯가로 갔다. 난롯가에는 안락의자가 있었고, 차를 마시려고 한 듯 팔걸이 근처에는 찻잔이 있었다. 선반에는 여러 책이 있었는데, 그중 한 권은 펼쳐져 있었다. 어터슨은 그 책을 보고 놀랐다. 지킬이 아주 좋아하던 신학책이었다. 여백에는 두려울 정도로 신을 모독하는 글귀가 빽빽하게 적혀 있었다. 지킬의 글씨였다.

방을 계속 둘러보던 두 사람은 커다란 전신 거울 앞에 섰다. 거울은 영원의 공포를 담고 있는 것 같았다. 거울에 비친 것은 지붕 위의 붉은 빛과 난롯불, 그리고 하얗게 질린 두 사람이 다였다. 풀이 말했다.

"이 거울은 다 알고 있겠지요. 이 방에서 일어난 일을……."

어터슨도 말했다.

"거울 자체가 더 이상하군. 지킬은 대체 왜……."

어터슨은 무언가 떠오른 듯 입을 열었다.

"왜 이런 큰 거울을 두었던 것일까?"

"그러게요."

두 사람은 거울에서 벗어나 사무용 책상으로 갔다. 책상 위에는 서류가 정리되어 있었고, 맨 위에는 지킬의 글씨가 적힌 봉투가 하나 있었다. 겉면에는 어터슨의 이름이 적혀 있었다.

어터슨이 봉투를 뜯자, 그 안에서 여러 개의 봉투가 나왔다. 첫 번째 봉투는 유언장이었다. 지킬 박사가 사망했다면 유언장이 되고, 실종이라면 재산을 처분할 수 있는 증서였는데, 어터슨이 반년 전에 지킬에게 돌려준 것과 같이 이해할 수 없는 구절이 포함되어 있었다. 하지만 놀랍게도 이번에는 에드워드 하이드의 이름이 있던 자리에 가브리엘 존 어터슨의 이름이 있었다. 어터슨은 놀라서 서류로 눈을 돌렸다. 그러고는 카펫 위에 늘어져 있는 범인의 시체를 보았다.

"머리가 어지럽군. 며칠 동안 이 방을 차지한 건 하이드였어. 그가 나를 좋아할 리 없고, 유언장을 내 앞으로 바꾼 것을 알았다면 난리가 났을 텐데 왜 그냥 두었지?"

어터슨은 다른 종이를 집어 들었다. 그것은 지킬 박사가 간단한 메모를 남긴 것이었다. 그는 메모가 쓰인 날짜를 보고는 풀을 불렀다.

"풀, 이것 좀 봐. 지킬 박사는 오늘 아침까지도 살아 있었네. 이렇게 금방 지킬을 죽이고 시체를 처리할 수는 없어. 그는 분명 살아 있을 거야. 아무래도 몸을 숨기고 있는 것 같네. 그런데 왜? 어떻게 도망친 거지? 그가 피신한 거라면 이 사건은 자살이라고 신고해야 하는데. 신중하게 생각해야 할 것 같군. 자네 주인이 무시무시한 종말을 맞을 수도 있어."

풀이 말했다.

"변호사님, 메모를 읽어 보십시오."

어터슨은 진지하게 말했다.

"두려워서 읽기를 주저하게 되네. 제발 아무 일도 없길 바라네."

그는 천천히 글을 읽었다.

친애하는 어터슨

자네가 이 편지를 읽고 있다면, 아마 나는 행방을 알 수 없는 상태일 거야. 미래를 내다보는 통찰력은 없지만 난 지금 매우 끔찍한 상황에 부닥쳤고, 종말에 가까워졌다고 확신하네. 이제 라니언이 남긴 글을 읽어 보게. 자네에게 기록을 남길 거라고 내가 통보했네. 더 자세한 내막을 알고 싶다면, 자네의 존경을 받을 가치가 없는 불쌍한 친구의 고백을 읽어 주게나.

헨리 지킬

어터슨이 물었다.

"봉투가 또 있나?"

"여기 있습니다."

풀은 단단하게 봉한 봉투를 어터슨에게 건넸다.

어터슨은 봉투를 주머니에 넣었다.

"나는 이 서류에 대해 누구에게도 말하지 않을 거네. 자네 주인이 피신했든 죽었든 우리는 그의 명예를 지켜 주세. 지금 10시군. 이제 집으로 가서 이 서류들을 조용히 읽도록 하겠네. 자정까진 돌아올 테니 그때 경찰을 부르도록 하지."

그들은 연구실 밖으로 나가 강의실 문을 잠갔다. 어터슨은 난롯가에 하인들이 모여 있는 홀을 지나 이 의문을 해결해 줄 편지를 읽기 위해 사무실로 걸어갔다.

라니언 박사의 이야기

나흘 전인 1월 9일, 나는 학창 시절 친구인 헨리 지킬이 보낸 등기 우편을 받았네. 편지를 받고 놀랄 수밖에 없었지. 예전에는 이렇게 연락을 주고받은 적이 없었거든. 사실 바로 전날 저녁에도 지킬과 함께 저녁 식사를 했기 때문에 이렇게 딱딱한 방식으로 전할 용무가 무엇인지 알 수 없었지. 내용을 보자 궁금증은 더 커졌네. 편지 내용을 소개하지.

친애하는 라니언

자네는 나의 오랜 친구야. 비록 우리는 학문적 관점에서 생각이 달랐지만, 적어도 우리의 우정에 영향을 준 적은 없었네. 만약 자네가 "내 목숨과 명예가 모두 자네 손에 달렸네."라고 말했다면 난 자네에게 왼팔을 잘라 줬을 거야. 라니언, 나의 명예와 목숨이 모두 자네에게 달렸네. 오늘 밤 내 부탁을 들어주지 않는다면, 나는 이 세상에 없겠지. 서두가 이렇게 거창하니 자네는 내가 부담스러운 일을 부탁할 거라 예상하겠지. 판단은 자네가 하게.

우선 오늘 밤에 잡힌 약속을 모두 미뤄 주길 바라네. 황제를 만나야 할 일이라도 말이네. 자네 마차를 바로 대령시킬 수 없다면 승객용 마차를 타고서라도 내 집으로 가 주게. 이 편지를 가져가는 것이 좋을 거야. 풀에게도 지시해 두었네.

자네가 도착하면 풀이 열쇠 수리공을 데리고 기다리고 있을 거야. 그러면 내 방문을 열게. 방 안에는 자네 혼자만 들어가 줘. 들어가면 왼쪽에 E라는 표시가 있는 유리 서랍장이 있네. 위로부터 네 번째, 아래에서 세 번째 서랍이야. 그 상태 그대로 꺼내 주게. 잠겨 있다면 자물쇠를 부숴도 상관없어.

지금 내가 매우 고통스러운 상태라서 자네에게 빼먹고 말하지 못한 것이 있을까 봐 너무 걱정되네. 하지만 내가 잘못 전한 것이 있어도 자네가 내용물을 보면 알 수 있을걸세. 그 서랍이 맞다면 약간의 가루와 약병, 그리고 노트가 있을 거야. 간절하게 부탁하네. 그 서랍 그대로 자네 집에 가져다 두게.

여기까지가 나의 첫 번째 부탁이네. 두 번째 부탁도 있네.

자네가 이 편지를 받은 즉시 움직인다면, 자정이 되기 전에 다시 집에 도착할 거야. 자정이 되면 진찰실에 혼자 있어 주게.

예기치 못한 상황이 생겨서 혼자 있지 못할까 봐 불안하네. 자네 하인들이 모두 잠자리에 든 시간이어야 하네. 내 이름을 대고 나타나는 남자가 있다면, 자네가 직접 그를 맞아 주게. 그 사람에게 내 방에서 가져온 서랍을 건네주게. 여기까지가 내 부탁이야. 들어준다면 진정으로 고마울 걸세.

자네가 설명을 들어야겠다면 5분만 기다려 주게. 그러면 이 일이 왜 중요한지 알게 될 거야. 내 부탁이 무척 이상해 보이겠지. 자네가 하나라도 들어주지 않으면, 내 죽음과 파멸에 대해 가책을 느끼게 될 거야.

자네가 내 부탁을 쉽게 여기고 무시할 거라 생각하지 않아. 그렇지만 혹시나 그럴지도 모른다는 생각을 하면 가슴이 무너져 내린다네. 지금 지독하게 괴로운 나를 생각해 주게. 자네가 부탁을 들어준다면 나는 더는 괴롭지 않을 거야. 사랑하는 라니언, 부디 내 부탁을 들어주게나. 자네의 친구인 나를 구해 줘.

자네의 친구, H.J.

추신: 다른 걱정이 떠오르는군. 우체국에서 제시간에 편지를 배달하지 못한다면, 자네가 내일 아침에야 이 편지를 받을 수도 있겠군. 친애하는 라니언, 그러면 내일 중 자네가 시간이 날 때 내 부탁을 들어주게. 그리고 다시 자정에 찾아갈 내 심

부름꾼을 기다려 줘. 내일은 너무 늦을지도 몰라. 그리고 만약 내일 밤, 아무도 찾아오지 않는다면 헨리 지킬은 이미 죽었다고 생각하게.

편지를 읽고 무슨 생각이 들었을 것 같나. 지킬이 제정신이 아니라고 확신했네. 하지만 확증이 없어서 그의 부탁을 들어주기로 했네. 편지의 내용은 횡설수설이었지만, 나는 아무것도 알지 못해서 그 중요성을 알 수 없었지. 게다가 간절하게 부탁하니 모른 척할 수 없었네.

나는 지킬이 부탁한 대로 바로 일어나서 마차를 타고 지킬의 집으로 갔지. 집사가 나를 기다리고 있었어. 그는 같은 우체국에서 부친 등기 우편으로 지시를 받아서 열쇠 수리공과 목수를 불렀네. 그들이 도착하기를 기다리면서 집사와 잠시 대화했지. 지킬의 연구실로 쉽게 들어갈 수 있는, 덴먼 박사 수술실이 있던 곳으로 가서 문을 열기로 했네. 자물쇠는 아주 튼튼했어. 목수는 억지로 열려고 하면 힘들고 문이 망가질 것이라고 했네. 열쇠 수리공은 절망적이라고 했고. 하지만 다행히 열쇠 수리공이 재주가 좋아서 두 시간 후에 문이 열렸어.

E라는 표시가 있는 서랍장은 열려 있었네. 나는 서랍을 꺼내 시트로 싸서 광장으로 돌아왔지.

집에 도착하자마자 서랍을 살펴보았어. 가루약은 정리되

어 있었네. 그러나 약사의 포장 솜씨는 아닌 것 같았지. 지킬이 직접 만든 것이 분명했네. 하나를 꺼내서 열어 보니 소금 결정 같은 것이 들어 있었네. 유리병을 살펴보자 피처럼 붉은 액체가 차 있었는데, 코를 찌르는 냄새가 나는 것으로 보아 휘발성 에테르 같더군.

노트는 짐작조차 가지 않았지. 그냥 평범했는데 날짜 빼고는 기록된 것이 거의 없었네. 기록은 수년 동안 이어졌는데, 한 1년 전부터는 날짜가 더는 없었지. 날짜 아래에는 간단한 단어가 적혀 있었는데, 거의 '두 배'라는 단어였고 '실패'와 같은 단어도 있었지.

너무도 궁금했지만 알아낼 수 있는 사실이 없었네. 액체약이 있는 병, 종이에 싼 소금, 실험 기록을 보고는 당최 알아낼 수 없었지. 이 물건들이 왜 지킬의 명예와 생명을 좌우하는지, 심부름꾼을 보낼 정도라면 왜 지킬이 직접 하지 않는지 알 수 없었지.

나는 생각하면 할수록 지킬이 정신 나갔다고 생각했네. 그래서 하인을 돌려보내며 권총도 준비해 두었지. 나 자신을 지켜야 할 수도 있으니까.

자정을 알리는 종이 울리자, 문을 두드리는 소리가 들렸네. 직접 현관으로 나갔지. 작은 몸집의 남자가 현관에서 기다리고 있었네.

"지킬 박사가 보냈나요?"

"네."

내가 안으로 들어오라고 하자, 그는 주위를 둘러보며 발을 옮겼어. 멀지 않은 곳에서 경찰이 램프를 들고 순찰하고 있었는데, 남자는 경찰을 보고 놀라더니 서둘러 집으로 들어왔네.

이런 모습을 보니 기분이 좋진 않았네. 나는 밝게 불을 켜 둔 진찰실로 들어오며 권총 방아쇠에 손을 올려 언제라도 쏠 준비를 하고 있었지. 진찰실에 들어와서야 그의 얼굴을 처음으로 확실하게 봤네.

앞서 말했듯이 그의 몸집은 매우 작았어. 내가 놀란 이유는 그의 표정이 매우 소름 끼쳤고 아주 유연하게 근육이 움직였는데, 그런 모습이 왜소한 체격과 섞여서 매우 이상하게 보였기 때문이네. 그는 이상할 정도로 불안함을 주는 얼굴이었네.

그를 보자마자 나는 오한이 드는 발작 초기 증상과 비슷한 느낌이 들었는데, 곧 맥박도 쇠약해졌네. 당시에는 내 체질이 특이해서 개인적인 불쾌감으로 생긴 증상이라고 생각했지. 하지만 그때를 돌이켜 보니 인간성보다 더 깊은 곳에 그 원인이 있더라고. 그 원인이 증오보다 더 고결한 영혼의 중심에 있다고 믿게 된 이유가 있네.

그 남자는 보통 사람이라면 비웃음을 당할 옷을 입고 있었네. 옷감은 비싸고 좋아 보였지만 그에게는 너무 컸지. 바짓단은 땅에 닿지 않게 둘둘 접었고, 코트는 허리선이 허벅지까지 내려오고, 옷깃은 어깨까지 벌어져 있었네.

매우 웃긴 옷차림이었지만, 조금도 웃음이 나지 않았어. 그 남자가 주는 혐오감 때문에 그런 이상한 옷차림이 오히려 잘 어울려 보였어. 그래서 그 남자의 성격과 삶이 궁금해졌네.

길게 썼지만 실은 그를 관찰한 것은 몇 초밖에 되지 않아. 그는 매우 흥분한 상태였어.

"갖고 왔나요? 그것을 갖고 왔냐고요?"

그는 큰 소리로 말했는데, 조급한 나머지 내 팔을 잡으려고까지 했어.

그가 내 몸에 손을 대려 하자, 나는 섬뜩한 느낌에 소름이 돋아서 급히 피했네.

"이봐요. 우리가 처음 본 사이라는 것을 잊으신 것 같은데 잠시 앉으시오."

나는 내가 먼저 늘 앉던 자리에 앉아 그를 대했지. 늦은 시간이었고 그 사내가 자아내는 불쾌감 때문에 용기를 내기 힘들었네.

"박사님, 죄송합니다."

그가 공손하게 말하더군.

"조급한 마음에 결례를 범했습니다. 박사님의 친구이신 헨리 지킬 박사의 지시로 찾아오게 되었습니다. 제가 알기로는⋯⋯."

그는 말하다 말고 목을 붙잡았네. 침착하려고 안간힘을 썼지만 발작이 찾아오는 것 같았네.

"제가 알기로는 서랍을⋯⋯."

나는 그의 조급한 모습에 마음이 약해져 서랍을 가리켰네. 서랍은 아직 시트로 싸여 있었어.

그는 자리를 박차고 일어나다가 멈춰서 가슴을 쥐어짰지. 경련이 나는지 이가 갈리는 소리가 나고 너무 무서웠네.

"진정하시오."

그는 나에게 미소를 보였는데, 그 얼굴이 너무 끔찍했지. 그는 시트를 뜯고 내용물을 확인하더니 안도했다는 듯 울음까지 터뜨리더군. 나는 놀랄 수밖에 없었어.

"눈금이 있는 유리컵이 있으신가요?"

나는 그가 부탁한 것을 가져다주었네.

그는 고개를 끄덕이고는 붉은 액체와 가루약 한 봉을 섞었지. 붉은 액체는 점점 밝은색으로 바뀌며 수증기를 내뿜었다네. 그러더니 혼합물은 자주색으로 바뀌었다가 초록색으로 다시 바뀌었네. 나는 그 과정을 뚫어져라 쳐다보았지.

"자, 이제 문제를 처리해야겠군."

그의 말투가 돌변했네.

"알고 싶은가? 내 손 안의 이 액체를 마시면 어떻게 되는지. 내가 아무런 설명도 하지 않고 나가도 참을 수 있나? 자네의 결정을 그대로 따를 테니 말해 보게. 대답하기 전에 신중히 생각하고. 자네의 선택에 따라 자네는 예전과 똑같이 지낼수도 있네. 어제보다 현명하거나 큰 지식을 얻을 순 없겠지만, 괴로움에 몸부림치는 사람을 도왔다는 것 때문에 자네 영혼이 자라겠지. 아니면 다른 선택으로 새로운 지식의 영역에 발을 딛게 되고, 명성과 권력을 얻을 수도 있지. 지금 이 순간, 여기서 괴물을 자네 눈으로 직접 볼 수도 있네."

"이보시오."

나는 최대한 냉정함을 유지하며 말했지.

"당신의 말이 터무니없게 들리오. 그렇지만 결말을 보지 않을 순 없겠지. 여기서 멈추기엔 내가 너무 많이 개입한 것 같군."

"알겠네. 지금부터 일어나는 일은 비밀로 하겠다고 맹세해 주게. 자네야말로 자네보다 똑똑한 사람을 비웃던 편협한 사람이었으니, 지금부터 똑똑히 지켜보게."

그는 단숨에 액체를 마셨네. 고통스러운 비명이 이어졌지. 그는 비틀거리며 몸을 가누지 못하다가 테이블을 붙잡고 충혈된 눈으로 앞을 노려보았네. 가쁜 숨을 몰아쉬던 그때 그의 몸이 커지기 시작했네. 그의 얼굴이 갑자기 시커메지고 형상이 녹아들어 가며 모습이 바뀌었네. 나는 너무 놀라서 뒷걸음질 치는 것 말고는 아무것도 할 수 없었어. 괴물이 다가올까 봐 몸을 숙였지만, 내 마음은 이미 공포가 지배하고 있었네.

그런데 죽음 직전까지 갔다 온 사람처럼 창백한 얼굴의 헨리 지킬이 내 앞에 서 있는 게 아닌가!

다음 한 시간 동안 지킬이 들려준 이야기는 기록하고 싶지 않네. 내 눈으로 직접 봤고 내 귀로 직접 들었네. 그래서 내 영혼은 이미 병에 걸렸지. 그 광경이 사라지자 내가 그것을 정말 믿었는지 자문하게 됐네. 내 삶은 뿌리부터 흔들렸고, 잠을 잘 수도 없네. 밤이고 낮이고 찾아오는 공포 때문에 나는 완전히 망가져 버렸어. 이제 나의 삶은 얼마 남지 않았네. 느낄 수 있어. 나는 곧 죽게 될 거야. 의심에 빠져서. 지킬이 나에게 보여 준 행위는 아무리 참회의 눈물을 흘린다고 해도 떠올릴 수가 없어. 너무 두려워.

어터슨, 하나만 말하지. 지킬의 고백에 의하면 그날 밤 내 집으로 몰래 들어온 사람은 전국에서 수배를 받는 하이드, 바로 커루 경을 살해한 범인이었네.

헤이스터 라니언

헨리 지킬의 마지막 진술

　나는 18XX년 부유한 가문에서 태어났다. 나는 물려받은 재산과 특유의 성실함으로 또래 중에서 존경을 받았다. 누구나 나의 훌륭한 미래를 예측했다.

　나의 결점 중에서 가장 나쁜 점은 쾌락을 추구하고, 그 욕구를 참지 못한다는 것이다. 그런데도 세상에는 행복하게 사는 사람들이 많을 것이다. 하지만 나는 내 정신을 고고하게 유지하고 사람들 앞에서 위엄 있게 보이고픈 내 성격과 그 욕구를 조화시키기가 너무 힘들었다. 그래서 나는 다른 사람들이 알지 못하게 쾌락에 빠졌다. 그 결과 나는 과거를 뒤돌아보는 나이가 되어서 내 주변을 둘러보고, 부와 명예를 누리고 있을 때 이미 이중생활에 빠져 버렸다.

　내가 저지른 난잡한 사생활을 자랑스럽게 떠벌리려는 것

이 아니다. 나는 스스로 이상을 높게 책정하고 지독한 자괴감에 빠져서 그런 비밀들을 숨겼다. 현재의 나를 만든 것은 내 결점으로 말미암은 퇴보가 아니라 가차 없이 높은 이상이었다. 나는 더욱 엄격하게 인간을 선과 악으로 나누고 구별했다.

이로 말미암아 나는 종교의 중심을 이루면서 사람들에게 괴로움을 주는 고뇌의 근원인 삶의 혹독한 규칙에 따라서 과거를 반성해야만 했다. 나는 비록 이중생활을 했지만 위선자는 아니었다. 나의 양면은 모두 정직했다. 자제심을 잃고 수치스러운 행동을 할 때도, 학문을 연구하거나 어려운 사람을 도울 때도 나는 최선을 다했다.

나는 초월적인 목표를 향해 돌진하고 싶었다. 어느 날, 내 학문의 방향이 내 안의 선과 악을 지속해서 싸우게 했고, 이로 말미암아 목표가 생겼다. 그때부터 도덕과 지성이라는 측면 모두에서 나는 진리에 가까워지고 있었다. 내가 파멸을 맞게 된 것은 연구 중에 발견한 부분적 사실, 인간은 본래 하나의 존재가 아니라 두 개의 존재라는 사실에 대한 믿음 때문이었다.

나는 인간이 두 개의 존재라는 것을 강조하고자 한다. 내 학문은 거기에서 출발하기 때문이다. 나와 의견이 같은 사람도 있겠지만, 나보다 더 연구 실적이 뛰어난 사람도 있을 것이다.

나는 궁극적으로 인간이 조화롭지 못하고, 독립적인 개체들이 모인 조직체라고 생각했다. 나는 성격상 이 방향으로 나가는 것이 옳다고 믿으면 오직 그 길로 갔다. 내가 인간의 이중성을 인지한 것은 내 안에 있는 도덕적 측면 때문이었다. 내 안에 존재하는 두 가지 성격 가운데 어느 한쪽도 모두 나지만, 그것은 내가 두 가지 성격을 모두 가지고 있기 때문이라고 생각했다.

앞으로 서술할 기적이 일어나기 훨씬 전부터 나는 선과 악을 분리한다는 공상에 종종 빠져들고는 했다. 나는 이 두 가지를 각각 분리할 수 있다면, 삶의 괴로움에서 해방될 수 있다고 생각했다.

악한 본성은 고상한 쌍둥이인 착한 본성의 야망과 양심의 가책에서 해방되어 자신의 길을 가면 되고, 착한 본성은 악한 본성이 저지르는 짓에 대해 괴로워하거나 참회할 필요 없이, 그에게 기쁨이 되는 일을 하면서 위로 향하면 된다. 이란성 쌍둥이가 의식 세계라는 자궁 안에서 끊임없이 투쟁해야 한다는 것은 인류에게 저주이다. 그렇다면 그 둘을 어떻게 분리할 수 있을까?

앞에서 말했던 것처럼 이 문제는 연구실에서 해결의 실마리가 보이기 시작했다. 우리가 걸치고 다니는 이 육체는 겉으로 보기에는 너무나 견고해 보인다. 하지만 육체는 안개처럼 일시적이고, 실체가 없고, 불안정하다는 생각이 점점 강해졌다. 나는 어떤 약을 통해 바람이 장막을 펄럭이게 하듯이 우리의 육체도 벗겨내서 뒤흔들 수 있다고 생각했다.

나는 두 가지 이유 때문에 과학적인 설명을 자세히 하지 않으려고 한다. 첫 번째 이유는 인간은 삶의 운명과 짐을 어깨에 짊어진 채 살아야 하고, 그것을 떨치려 할수록 더 낯설고 무서운 부담으로 되돌아온다는 것을 깨달았기 때문이다. 두 번째 이유는 뒤에 나오겠지만 내 발견이 불완전했기 때문이다. 나는 사람의 육체는 그 영혼을 구성하는 어떤 힘이 발산하는 기운과 빛에서만 나온다는 사실을 알게 되었다. 나는 조제한 약을 이용해서 영혼의 힘으로부터 우월함을 빼앗고, 그 빈자리를 하나의 형태와 외양으로 대체하려고 했다. 그러자 당연하게도 내 영혼의 저열한 부분이 상당 부분을 차지한 상태로 재현되었다.

이 이론을 실행에 옮길 수 있다고 생각하기까지 오랜 시간이 걸렸다. 잘못되면 죽을 수도 있다는 것을 알고 있었다. 약효가 강력하고 인간의 근원까지 뒤흔드는 약이라면 조금이라도 과용하거나 시간을 어기면 이 실체 없는 육체를 완전히 망가뜨릴 수도 있기 때문이다.

하지만 그 위대한 발견에 대한 유혹은 위험에 관한 경각심

마저 잊게 했다. 나는 예전에 팅크 용액을 준비해 두었다. 그래서 마지막으로 필요한 재료인 특수 소금을 약품 도매상에서 대량으로 사들였다. 저주를 받을 어느 날 밤, 필요한 재료들을 섞자 유리컵 안에서 반응이 일어나며 연기를 내뿜었다. 약품의 반응이 멈춘 순간 나는 그 약을 단숨에 마셨다.

그러자 엄청난 고통이 밀려왔다. 뼈가 갈리는 듯한 고통과 심한 구역질, 그리고 출생과 죽음의 순간보다 극심한 정신적 공포가 느껴졌다. 그러다가 서서히 고통이 가라앉고 심각한 병이 나은 것처럼 몸이 가뿐해졌다. 말로 설명하기 힘든 새로운 기분이 들었고, 이 새로움으로 말미암아 엄청난 행복이 느껴졌다. 내 몸은 더 젊어지고 가벼워지고 좋아진 것 같았다.

나의 내부에서는 무모함이 느껴졌고, 난잡하고 감각적인 영상들이 내 환상 속에서 끊임없이 재생되었다. 의무와 책임을 던져 버린 악의에 찬 자유로운 영혼이 느껴졌다. 새로운 존재로 호흡하며 내가 열 배는 더 사악해졌고, 악인이 되었다는 것을 깨달았다. 이러한 생각이 들자 나는 고급 와인을 마시고 취한 것처럼 기분이 좋아졌다. 이처럼 나는 들뜨고 흥분해서 손을 뻗으며 날뛰다가 내 키가 많이 줄어들었다는 사실을 알게 되었다.

그 당시에 내 연구실에는 거울이 없었다. 지금 내 옆에 있는 거울은 내 신체 변화를 확인하기 위한 목적으로 가져다 놓은 것이다. 어느덧 밤이 깊어지고 새벽이 다가왔다. 모든 집 안사람이 깊은 잠에 빠져 있을 시간이었다. 희망과 승리감에 흠뻑 젖은 나는 용기를 내서 새로운 모습으로 침실까지 가 보기로 했다. 나는 안뜰을 가로질러 걸어갔다. 하늘에서 아름답게 빛나던 별들은 처음 보는 존재에 깜짝 놀란 것 같았다. 내 집에서 낯선 침입자가 된 나는 살금살금 복도를 걸어서 침실로 들어왔다. 그곳에서 나는 에드워드 하이드의 모습을 처음 보게 되었다.

지금 얘기하는 것은 확실한 것이 아니라 현시점에서 가장 가능성이 높다고 생각되는 이론이다. 악을 마시고 변한 내 악한 본성은 막 없어져 버린 내 선한 본성보다 강하지 못하고 발달도 더디었던 듯하다. 또 한 번 말하지만 내 인생의 90%는 미덕과 자제심을 지니고 살기 위해 노력했기 때문에 악한 부분이 훨씬 적게 활동했고 덜 사용되었다. 이 때문에 하이드가 지킬보다 작고 호리호리하고 젊어 보였다고 생각한다. 한쪽의 외모에서는 선이 두드러지고, 다른 한쪽에서는 악이 분명하게 드러난 것이다. 그뿐만 아니라 악은 그 육체에 (내가 아직까지도 인간의 치명적인 부분이라고 생각하는) 불쾌함과 타락의 흔적을 새겼다.

하지만 나는 거울을 통해 그 추한 모습을 보았을 때도 거부감보다는 기쁜 마음에 펄쩍 뛰고 싶었다. 이 모습 역시 나였다. 그 모습은 자연스럽고 인간답게 보였다. 또한 그 모습은 정신적으로 더욱더 활기차게 느껴졌고, 나에게 익숙했던 불완전하고 분열된 헨리 지킬의 모습보다 더 명확해 보였다.

내 생각은 의심할 여지도 없이 옳았다. 내가 하이드의 모습을 하고 있을 때면 나에게 다가오는 사람들은 누구나 나를 의심하고 불쾌감을 느꼈다. 인간은 모두 선과 악을 동시에 지니고 있지만, 하이드는 모든 인간 가운데 유일하게 악으로만 구성된 존재이기 때문일 것이다.

나는 계속 거울 앞에서 미적거렸다. 이제 두 번째 실험을 해야 했다. 본래의 내 모습을 되찾지 못하고 내 신분을 잃은 채 날이 밝기 전에 도망쳐야 할지 확인해야 했다. 이 상태로는 이곳도 내 집이라고 할 수 없었다. 나는 다시 연구실로 돌아와서 유리컵에 약을 준비한 후 들이켰다. 나는 다시 한번 지독한 고통을 겪은 후 헨리 지킬의 인격과 키와 얼굴을 가진 나로 돌아왔다.

그날 밤, 나는 운명을 좌우하는 갈림길에 서게 되었다. 만약 내가 좀 더 고귀한 정신을 지니고 과학적 발견에 다가갔거나, 경건한 마음가짐으로 실험했다면 모든 게 달라졌을지도 모른다. 나는 죽음과 탄생에 대한 고뇌로 말미암아 악마 대신 천사가 될 수도 있었다. 그 약은 사악한 것이나 신성한 것을 구분해 내는 효능이 없었다. 단지 그 약이 내 마음속에 있는 감옥의 문을 열었을 뿐이다. 그러자 그 안에 있었던 것들이 빌립보(그리스 북쪽에 있었던 마케도니아의 수도. 사도 바울과 실라가 이곳에서 포로로 붙잡혔다.)의 포로처럼 도망쳐 나왔다. 당시에 내 미덕은 잠자고 있었고, 사악한 부분은 예민하게 깨어 있어서 탈출한 것이다. 이러한 결과로 나타난 것이 바로 에드워드 하이드였다.

이렇게 해서 나는 두 개의 인격과 두 개의 외모를 지니게 되었다. 한쪽은 완전한 악이었고, 다른 한쪽은 고치거나 나아지는 것을 이미 포기한 부조화한 혼합체인 예전의 헨리 지킬이었다. 따라서 상황은 나쁜 쪽으로만 흘러갔다.

그 당시 나는 학문 연구에만 매진하는 건조한 삶이 너무 싫어서 견딜 수가 없었다. 그래서 쾌락을 마음껏 즐기고 싶었다. 하지만 내가 추구하는 쾌락을 그럴듯하게 여길 수는 없었다. 당시 나는 유명하고 사회적으로 존경받고 있었으며 나이도 꽤 들어 있었다.

나는 이러한 내 삶의 모순이 점점 싫어졌다. 그럴수록 내가 얻게 된 이 변신은 견딜 수 없는 유혹이었다. 약만 마시면 나는 즉시 저명한 교수의 육체에서 벗어나 에드워드 하이드로 변신할 수 있었다.

이런 생각이 들자 나는 저절로 미소가 지어졌다. 당시에는 굉장히 재밌는 일이었다. 나는 세심하게 주의를 기울여서 준비하기 시작했다. 경찰이 하이드를 잡기 위해 뒤졌던, 소호에 있는 그 집을 얻어서 가구를 들여놓았다. 그리고 입이 무거운 가정부를 고용했다. 내 하인들에게는 하이드의 인상을 말해 주고, 그가 광장에 있는 내 집에 자유롭게 드나들 것이라고 일러두었다. 그러고는 만약의 사건을 막기 위해서 하이드의 모습으로 하인들 앞에 나타나기도 했다. 그다음에 해야 할 일은 어터슨이 그토록 반대한 유언장을 작성하는 것이었다. 지킬로서의 나에게 무슨 일이 생겨도 금전적인 손해를 입지 않고 하이드로 살아가기 위해서였다. 필요한 모든 것을 다 준비한 나는 내 면책 특권을 즐기기 시작했다.

예전부터 세상 사람들은 자신의 몸과 명성을 안전하게 지키기 위해 악한 사람을 이용해 범죄를 저질렀다. 하지만 오로지 쾌락만을 위해 죄를 저지른 사람은 나 혼자일 것이다. 세상 사람들의 시선으로는 온화한 성품에 성실하게 연구하는 학자였다가 빌려 입은 듯한 겉치레를 벗어던지면 바로 자유의 바다로 뛰어들 수 있는 사람도 나뿐이었을 것이다. 이 이해하기 힘든 망토를 입고 있는 한 나의 자유는 완벽한 것이었다.

상상해 보자. 하이드는 사실 존재하지 않는 사람이다! 연구실 안으로 도망쳐서 약을 삼킬 잠깐의 시간만 있다면 어떤 짓을 저지르든 하이드는 거울 위의 입김 자국처럼 순식간에 사라져 버린다. 대신 서재에서 램프를 손보는 헨리 지킬이 나타난다. 헨리 지킬이라면 어떤 혐의도 가볍게 넘길 수 있을 것이다.

이미 말한 것처럼 내가 변한 모습으로 추구한 쾌락은 그럴듯하다고 말할 수 없었다. 더 심한 표현은 쓰고 싶지 않다. 하지만 이러한 쾌락은 에드워드 하이드로 말미암아 더욱더 끔찍한 것으로 바뀌었다. 나는 이러한 일을 저지른 후 집에 돌아오면 내 분신인 하이드의 악행에 두려움이 느껴졌다. 나 스스로가 영혼에서 불러내서 마음대로 악행을 저지르도록 허용한 이 악마는 천성도 사악했다. 하이드의 생각과 행동은 지극히 자기중심적이었다. 그는 다른 사람들을 괴롭히면서 짐승 같은 쾌락을 만끽했으며, 심장이 돌로 되어 있는 것처럼 냉혹했다.

가끔 헨리 지킬은 에드워드 하이드가 저지르는 악행에 할 말을 잃었다. 하지만 상황 자체가 일반적인 상식에서 벗어나 있었고, 어느새 자기도 모르게 양심의 가책도 느슨해졌다. 어떤 짓을 저질러도 그것은 하이드의 죄였다. 나쁜 것은 하이드였고, 지킬은 나쁘지 않았다. 지킬은 외관상 선했고 온화했다. 심지어 지킬은 상황이 허락하는 범위 내에서 하이드가 저지른 악행을 서둘러 수습하고자 노력하기도 했다. 이러한 방법으로 지킬은 양심을 지키고자 했다.

(지금도 내가 그런 짓을 저질렀다는 사실을 인정하고 싶지 않지만) 하이드인 내가 저지른 악행을 자세히 이야기할 생각은 없다. 천벌을 받게 될 것이라는 징조와 파멸의 단계를 알려 주는 이후의 사건에 관해 말하고자 한다. 이 사건은 어떤 큰 결과도 초래하지 않았기 때문에 언급한다.

내가 한 여자아이에게 잔혹한 행동을 저질러서 지나가던 행인이 분노를 표출했다. 나중에서야 나는 그가 어터슨의 친척이라는 것을 알게 되었다. 의사와 아이의 가족도 그와 힘을 합쳐서 나는 목숨을 잃을까 봐 두려웠다. 결국 하이드는 그들의 정당한 분노를 가라앉히기 위해 그들을 그 문까지 데려가서 헨리 지킬의 명의로 된 수표를 내밀었다. 이후 나는 그런 위험에 대비해 에드워드 하이드의 이름으로 다른 계좌를 개설했다. 하이드는 손을 기울여 약간 눕혀진 글씨체로 서명해서 나오는 다른 글씨체를 사용했다. 나는 이렇게 위험에서 벗어났다고 생각했다.

댄버스 커루 경 살인 사건이 일어나기 두 달 전, 나는 놀러 나갔다가 밤늦게 집에 돌아왔다. 다음 날 아침, 나는 잠에서 깨자 이상한 기분이 들었다. 주변을 살펴보았지만, 그 이유는 알 수 없었다. 분명히 광장에 있는 내 집이었고, 천장이 높고 고상한 가구가 놓여 있는 내 방이었다. 마호가니로 만들어진 침대와 침대 커튼을 봐도 내 방이 맞았다.

하지만 나는 내가 있을 곳이 아니라는 느낌이 들었다. 마치 소호의 방에서 하이드의 몸으로 잠들었다가 깨어났을 때 같았다. 나는 어처구니가 없어서 피식 웃음이 새어 나왔다. 나는 왜 이런 착각을 하게 되었을까 느긋하게 생각하다가 다시 아침잠에 들었다.

좀 더 개운하게 일어났을 때도 나는 여전히 그런 생각이 들었다. 그러다가 나는 우연히 내 손을 보았다. (어터슨이 종종 말했던 것처럼) 헨리 지킬의 손은 의사라는 직업에 딱 맞는 균형 잡힌 손이었다. 즉, 하얗고 크고 멋진 손이었다. 하지만 이불에 반쯤 가려지기는 했지만 런던의 햇살 아래에서 선명하게 보인 손은 말랐고 거무스름하면서 창백했다. 또한 손가락 마디에는 굵고 거무스름한 털이 잔뜩 나 있었다. 그것은 에드워드 하이드의 손이었다.

몹시 놀란 나는 한참을 멍하게 손만 바라보았다. 순간, 심벌즈가 부딪힌 것처럼 갑자기 무서운 생각이 들었다. 나는 얼른 침대에서 내려와 정신없이 거울 앞으로 달려갔다. 거울에 비친 내 모습을 확인하는 순간 온몸의 피가 식는 것 같았다. 그렇다. 나는 헨리 지킬로 잠들었는데 에드워드 하이드로 일어난 것이다. 나는 이런 일이 왜 일어났는지 자신에게 물었다.

또 다른 공포가 밀려들었다. 어떻게 하면 헨리 지킬의 모습으로 돌아갈 수 있을까? 날이 밝아진 뒤 꽤 시간이 지나서 하인들은 모두 일어났을 것이고, 약은 모두 연구실에 있었다. 공포에 질린 나는 침실에서 계단을 내려가 안뜰을 가로지르고 해부실을 통과해야 했다.

얼굴은 가릴 수 있지만, 키가 작아진 것은 감출 수 없었다. 나는 하인들이 하이드가 이곳에 오는 것에 익숙하다는 것을 깨닫고는 안도했다. 나는 지킬의 옷 중에서 최대한 하이드에게 맞는 옷으로 갈아입고는 방을 빠져나갔다. 가던 도중 마주친 브래드쇼는 그 시각에 이상한 차림으로 지나가는 하이드를 보고는 깜짝 놀랐다.

10여 분이 지나고 나서야 나는 지킬로 돌아올 수 있었다. 나는 인상을 구기고는 아침을 먹는 시늉을 하고 있었다.

식욕이 하나도 없었다. 이유를 알 수 없는 이 사건은 바빌론의 왕 앞에 나타난 신비로운 손가락처럼 내가 받을 벌을 예고하는 것처럼 보였다. 나는 그 어느 때보다 심각하게 나의 이중생활과 앞으로 벌어질 일들에 관해 고민했다.

내가 불러낼 수 있는 사악한 부분은 최근 활동을 많이 해서 그만큼 많이 자랐다. 가만히 생각해 보면 (내가 하이드의 모습을 하고 있을 때면) 예전보다 혈액량이 많아졌음이 느껴졌다. 이와 더불어 하이드의 체격도 자랐다는 사실을 알아챘다. 그래서 나는 변신을 자주 하게 되면 내 성격의 균형이 깨지고,

자발적으로 변할 힘이 없어지고, 하이드의 성격이 내 성격이 될 수도 있다는 것을 알게 되었다.

약의 효능이 항상 일정한 것은 아니었다. 변신 초기에는 완전히 실패한 적도 있었다. 그 이후로 약의 분량을 두 배로 늘려야 할 때도 있었고, 때로는 생명의 위험을 무릅쓰고 약의 분량을 세 배로 늘려야 할 때도 있었다. 이처럼 간혹 일어나는 불확실성은 나의 마음속에 짙은 그림자를 드리웠다.

그러던 와중에 벌어졌던 그날 아침 사건으로 보자면, 처음에는 지킬의 육체를 벗어버리는 것이 힘겨웠지만 최근에는 분명히 하이드에서 지킬로 돌아오는 것이 힘들어지고 있음을 알 수 있었다. 이 모든 것은 내가 나의 선한 본성을 점점 잃어버리고, 악한 본성 쪽으로 가까워지고 있음을 나타냈다.

나는 왠지 두 개의 인격 가운데 하나를 선택해야 한다고 생각했다. 나의 두 인격은 기억력만 같았고, 다른 모든 것은 정반대였다. (선과 악이 섞인) 지킬은 감수성이 예민했지만, 하이드의 쾌락을 계획하고 함께 즐기는 면도 지니고 있었다.

하지만 하이드는 지킬에게 무관심했다. 그는 산적들이 도망치다가 몸을 숨기는 동굴 정도로만 지킬을 대했다. 지킬은 아버지처럼 하이드에게 지대한 관심을 가졌다면, 하이드는 여느 자식보다도 더 무심하게 지킬을 대했다.

지킬로 사는 쪽을 선택한다면, 나는 오랫동안 숨겼지만 마음껏 누릴 수 있었던 욕구를 포기하며 살아야 했다. 하이드로 산다면 지킬이 쌓아 올린 명예와 이익을 포기하고 사람들의 경멸을 감내하며 외톨이로 지내야 했다.

선택은 분명해 보일지도 모른다. 하지만 고려해야 할 사항이 또 하나 있었다. 지킬은 절제 속에서 상당한 괴로움을 견뎌야 하지만, 하이드는 자신이 잃어버린 것을 알지도 못할뿐더러 그것에 관심도 없다는 사실이다. 내 상황이 특이하기는 하지만, 이러한 논쟁은 인간의 역사만큼 오래되고 평범한 것이다. 신의 뜻을 어겨 벌을 받는 죄인들도 이와 같은 유혹에 이끌려 주사위를 던진다. 나 역시 주사위를 던져야 할 때가 오자, 더 나은 쪽을 선택했다. 하지만 이전의 많은 사람처럼 결심을 지킬 힘이 부족했다.

그렇다. 나는 친구들과 교류하고, 정직한 희망을 소중히 여기고, 나이가 많고 불만에 가득 찬 의사로서의 삶을 택했다. 이로 말미암아 하이드로 변신해서 즐겼던 자유, 젊음, 경쾌한 발걸음, 그리고 생기 넘쳤던 맥박과 은밀했던 즐거움 등과는 결별했다.

하지만 이런 결정을 내렸음에도 내 무의식 속에는 약간의 미련이 남아 있었던 것 같다. 소호의 집을 팔지 않고 그대로 놔둔 것이나 에드워드 하이드의 옷을 버리지 않고 옷장 안에 간직하고 있었던 것을 봐도 짐작할 수 있다. 하지만 나는 두 달 동안 결심을 잘 지켰다. 그동안 나는 엄격하게 절제된 생활을 했고, 그에 따른 양심적인 만족감을 느꼈다.

하지만 시간이 흐르면서 경각심이 서서히 사라지기 시작했다. 나는 점점 양심의 만족감도 당연한 것처럼 받아들였다. 마치 내 안에서 하이드가 몸부림치며 자유를 추구하듯이 나는 고민과 갈망에 휩싸였다. 결국 도덕적인 힘이 약해진 나는 약을 만들어서 마시고 말았다.

술꾼이 술에 잔뜩 취해서 악행을 저지를 때는 이성이 마비되어서 자신이 저지르는 일에는 전혀 신경을 쓰지 않을 것이다. 이처럼 나 역시 오랜만에 변신해서 하이드의 사악한 본성이 갑자기 튀어나와 이성이 마비되고 악한 생각에 사로잡혀서 끔찍한 악행을 저지를 수도 있다는 것을 미처 생각하지 못했다. 내가 천벌을 받게 된 것은 바로 이러한 이유 때문이었다.

나의 악한 본성은 오랫동안 갇혀 있다가 으르렁거리며 밖으로 뛰쳐나왔다. 약을 마시자 나는 억제할 수 없을 정도로 날뛰고 사악한 충동에 사로잡혔다. 불행한 희생자인 댄버스 경이 정중하게 말을 걸자 내 마음속에서 걷잡을 수 없는 분노가 일어난 것은 이 사악한 충동이 내 영혼을 지배했기 때문이다.

별일 아닌 것 때문에 끔찍한 범죄를 저질렀다고 하더라도,

그 범인이 최소한의 분별도 하지 못하는 사람이라면, 최소한 하느님 앞에서는 무죄 판결을 받을 수 있다고 생각한다.

당시 내 정신 상태는 화가 난 어린아이가 장난감을 망가뜨릴 때와 비슷했다. 나는 아무리 나쁜 사람일지라도 유혹의 손길이 다가올 때 최소한은 지니고 있는 균형 감각을 내 손으로 팽개쳐 버린 것이다. 유혹에 저항하지 못한 채 완전히 굴복해 버리고 만 것이다.

불현듯 내 안에서 악마의 영혼이 살아나서 마구 날뛰었다. 나는 기쁜 감정에 푹 빠진 채 저항하지 않는 댄버스 경을 무자비하게 마구 폭행했다. 그를 때리면 때릴수록 더 큰 쾌락이 느껴졌다. 나는 온몸에서 힘이 다 빠져나간 후에야 그를 때리는 것을 멈추었다. 광란 상태가 최고조에 다다랐던 그때 갑자기 서늘한 공포의 전율이 느껴졌다. 그제야 광란의 안개가 서서히 걷히기 시작했다. 나는 내 목숨이 위태로울 만큼 끔찍한 죄를 저질렀다는 사실을 깨달았다.

나는 한편으로는 흥분되고 기뻐하면서, 또 한편으로는 큰 두려움을 느끼면서 참혹한 범죄 현상에서 도망쳤다. 나의 악한 본성은 만족해했고 그래서 더욱 기고만장해졌다. 삶에 대한 즐거움은 최고에 달했다. 나는 소호 거리에 있는 집으로 달려가서 (안전을 위해 모든 증거를 없애려고) 서류를 전부 태워 버렸다. 그러고는 집에서 나와 가로등이 켜진 거리를 돌아다

넜다. 내 마음은 여전히 둘로 나뉘어 있었다. 내가 저지른 범죄에 흡족해하면서 또 다른 범죄를 계획하다가도, 누가 내 뒤를 쫓고 있는 건 아닌지 귀를 세워 가며 서둘러 발걸음을 옮겼다.

하이드는 노래를 흥얼거리면서 약을 조제했고, 죽은 사람을 애도하면서 그 약을 들이켰다. 몸이 찢기는 듯한 변신의 고통이 사라지자마자, 헨리 지킬은 감사와 후회가 담긴 눈물을 흘리면서 무릎을 꿇고 하느님에게 기도했다. 머리부터 발끝까지 뒤덮고 있던 방종의 장막이 찢겨 나갔다.

나는 지금까지 살았던 삶을 되돌아보았다. 아버지의 손을 잡고 걸었던 시절부터 열심히 살려고 했던 의사 생활을 거쳐서 현실감이 느껴지지 않는 그 날 밤의 공포에 이르기까지 계속 생각했다. 크게 소리를 지르고 싶었다. 나는 눈물과 기도로 자꾸만 몰려오는 무서운 환영과 환청을 덮어 버리려고 했다. 하지만 기도하는 내내 내가 저지른 범죄가 나의 영혼을 노려보는 것이 느껴졌다.

나는 참회의 과정을 통해서 점점 마음이 가벼워졌다. 내 행동으로 말미암은 문제는 해결되었다. 이제부터 하이드는 절대 허용할 수 없다. 내 마음이 어느 쪽으로 향하든 나는 선한 인격으로만 머무를 것이다. 나는 그런 생각만으로도 한없이 기뻤다. 나는 겸손한 자세로 인생의 구속을 기꺼이 수용했다. 그러면서 자주 오가던 연구실 문을 자물쇠로 잠그고는 열쇠를 부러뜨렸다.

다음 날, 댄버스 경의 살인 사건을 목격한 사람이 나타났다. 하이드가 범인이고, 살해된 사람은 존경을 받았던 사회적 인사라는 이야기가 나돌았다. 그것은 평범한 범죄가 아닌, 어리석고 비극적인 일이었다. 나는 오히려 그런 이야기를 들어서 다행이라고 생각했다. 처벌이 두려워서 확고한 결심을 할 수 있게 된 것이 다행이었다. 이제 지킬은 나의 피난처 역할을 했다. 하이드가 잠깐이라도 세상에 나타나면 모든 사람이 그를 끌고 가서 죽였을 것이다.

나는 앞으로의 선행으로 지난날의 죄를 갚으려고 했다. 솔직하게 말하자면, 이 결심은 어느 정도 좋은 결실을 이루었다. 작년에 내가 곤경에 빠진 사람들을 돕기 위해 얼마나 노력했는지 어터슨은 잘 알 것이다. 나는 다른 사람들을 돕기 위해 많은 일을 하면서 조용히 시간을 보냈다. 나는 행복하다고 말할 수 있을 정도였다.

다른 사람들에게 자선을 베풀고 순결하게 사는 삶이 지루하게 느껴지지는 않았다. 오히려 나는 시간이 흐를수록 이러한 삶을 완전하게 즐기고 있었다. 하지만 나에게는 여전히 이중생활에 대한 욕구가 남아 있었다. 내 회개심을 둘러싸고 있던 장막이 벗겨지자, 오랜 기간 동안 탐닉해 왔지만 최근 자물쇠를 채워 두었던 나의 사악한 부분이 다시 꿈틀거리기 시작했다. 하이드가 다시 살아나기를 바랐던 것은 아니었다. 그런 생각을 하는 것만으로도 공포로 말미암은 발작이 일어날 것만 같았다. 나는 다시 한번 지킬의 모습으로 양심을 희롱하고자 했다. 나는 은밀한 죄인들처럼 유혹의 공격에 무릎을 꿇고 말았다.

모든 일에는 끝이 있다. 아무리 큰 그릇이라고 하더라도 결국에는 채워지게 마련이다. 하지만 이렇게 잠깐 악에 순종한 것은 내 영혼의 균형을 깨뜨려 버리고 말았다. 그래도 나는 아직 정신을 차리지 못했다. 사악한 자아를 발견하기 이전으로 돌아간 것처럼 그러한 타락이 자연스럽게 느껴졌기 때문이다.

날씨가 맑은 1월의 어느 날이었다. 서리가 녹아서 땅이 질척거렸지만, 하늘에는 구름 한 점 보이지 않았다. 리젠트 공원은 겨울새들의 소리로 가득했지만, 한편으로는 달콤한 봄 향기도 풍겨 왔다. 나는 따뜻한 햇볕이 내리쬐는 벤치에 앉았다. 내 안의 짐승이 달콤한 과거를 핥고 있었지만, 반성해야 할 내 정신은 느슨해져서 깨어날 생각을 하지 않았다. 결국 나는 다른 사람에게는 관심이 없는, 나태하고 잔인한 사람들에 비하면 나 자신은 열심히 어려운 이웃을 돕고 있다는 생각에 다다르자 저절로 웃음이 새어 나왔다.

그렇게 허튼 생각에 빠져 있을 때, 갑자기 현기증과 구역질이 나면서 온몸이 떨렸다. 그 증상은 금방 사라졌지만, 나는 그대로 기절하고 말았다. 다시 정신이 들었을 때, 나는 내 성격이 바뀌었다는 것을 알게 되었다. 나는 대담해지고 속박에서 벗어났으며 의무감도 사라졌다. 내 옷은 줄어든 팔다리에 헐렁하게 걸쳐져 있었고, 무릎 위에 놓인 손에도 털이 많아졌다. 다시 에드워드 하이드가 된 것이다. 조금 전까지만 해도 나는 많은 사람의 존경을 받는 신사였고, 내 집에는 나를 위한 식사가 준비된 사람이었다. 그랬던 내가 지금은 다수의 적이자 교수형의 위협을 받는 범죄자가 되어서 집도 없이 쫓겨나야 할 신세가 된 것이다.

순간 혼란에 휩싸였지만, 다행히 정신을 완전히 놓지는 않았다. 하이드가 되었을 때 신체 감각이 더 예리해지고 정신도 훨씬 자유롭다는 것을 이미 경험했기 때문이다. 그래서인지 지킬이라면 안절부절못하고 있을 상황에서도 하이드는 위기에 잘 대처했다.

내 약은 연구실 서랍장에 들어 있다. 그것을 어떤 방법으로 손에 넣을 수 있을까? 이것이 내가 해결해야 할 과제였다. 연구실 문은 내가 잠갔다. 집 안으로 들어간다면 하인들이 바로 나를 경찰의 손에 넘길 것이다. 따라서 다른 사람의 도움이 필요했다. 그러자 바로 라니언이 떠올랐다. 하지만 그에게 어떻게 연락하고, 그를 어떻게 설득하지? 만약 거리에서 경찰에게 붙들리는 위기를 넘긴다고 해도 어떻게 그를 만나지? 만난 적도 없고 불쾌감만 안겨 주는 모습을 한 내가 저명한 의사인 라니언을 무슨 수로 설득해서 친구인 지킬 박사의 연구실을 뒤지게 할 수 있다는 말인가.

그때 불현듯 지킬 박사의 특성 한 가지가 아직 남아 있다는 생각이 들었다. 바로 글씨체였다. 그에게 편지를 쓰면 된다는 생각에 다다르자, 그다음 일은 거칠 것이 없이 진행되었다.

나는 바로 옷매무새를 매만진 후 지나가는 마차를 불러서 포틀랜드 거리에 있는 한 호텔로 향했다. 내 차림새를 본 마부는 킥킥거리며 비웃었다. 그 옷에 가려진 운명은 비참했지만, 차림새는 분명히 우스꽝스러웠기 때문이다. 나는 분노에 휩싸여서 그에게 화를 냈다. 그러자 그의 얼굴에서 웃음기가 싹 사라졌다. 그에게나 나에게나 다행스러운 일이었다. 다른 상황이었더라면 나는 당장 마부를 마차에서 끌어 내렸을 것이다.

호텔에 도착한 나는 험악한 표정으로 주변을 노려봐서 직원들을 겁에 질리게 했다. 그들은 내 얼굴을 제대로 쳐다보지 못했지만, 내 지시에 잘 따랐다. 그들은 나를 방으로 안내한 다음 편지를 쓸 도구들을 챙겨 주었다.

위기에 봉착한 하이드는 나에게도 낯선 존재였다. 그는 통제하기 힘든 분노로 떨면서 살인 욕구에 시달렸고 폭력을 행사하고자 했다. 그러면서도 굉장히 교활하고 날쌔기까지 했다. 하이드는 엄청난 의지력으로 분노를 다스리면서 라니언과 풀에게 보낼 두 통의 편지를 완성했다. 그는 편지가 잘 도착했는지를 확인하기 위해 등기로 보내라고 지시했다.

이후 그는 호텔 방 난롯가에 앉아서 온종일 손톱을 물어뜯었다. 그는 두려움으로 벌벌 떨면서 혼자 식사했다. 웨이터들도 벌벌 떨었다. 마침내 밤이 깊어지자, 그는 마차를 불러서 도시의 이곳저곳을 쏘다녔다.

하이드를 계속 '그'라고 부르는 것은 차마 '나'라고 할 수 없기 때문이다. 그 악마의 자식에게는 인간적인 면이 하나도 없었다. 그의 내면에는 두려움과 분노가 가득 차 있었다. 결국 마부가 그를 이상하게 생각하자, 그는 대담하게 마차에서 내려서 걷기 시작했다. 맞지 않은 옷까지 입고 있어서 그는 사람들의 시선을 끌 만했다. 하이드의 내면에서는 공포와 분노가 사납게 휘몰아치고 있었다. 그는 두려움 때문에 더욱 빨리 걸어서 인적이 드문 곳으로 숨었다. 하이드는 혼잣말을 하기도 하고, 자정까지 시간이 얼마나 남았는지 계산해 보기도 했다. 성냥 파는 여자가 그에게 성냥갑을 내밀며 말을 걸자, 그는 그녀의 뺨을 때려서 달아나게 하기도 했다.

라니언의 집에 도착했을 때, 그는 나를 보고 두려워했다. 그러자 그가 불쌍하게 느껴졌다. 하지만 조금 전의 상황과 비교해 보면, 그가 느끼는 공포와 혐오감은 아주 하찮은 것이었다. 나는 변신했다. 이제 교수형에 대한 두려움은 사라졌다. 나는 하이드가 되는 것이 가장 두려웠다.

나는 몽롱한 상태에서 라니언의 비난을 들었다. 나는 내집에 도착해서 침대에 누울 때까지도 정신을 차릴 수가 없었다. 너무 힘든 하루여서인지 나는 바로 잠에 빠져들었다. 끔찍한 악몽조차도 끼어들지 못할 만큼 깊은 잠이었다. 다음 날아침, 잠에서 깨었을 때 약간 몸이 떨리고 기운이 없었지만 기분은 상쾌했다. 물론 아직도 내 안에 잠들어 있는 짐승을 생각하면 끔찍하고 두려웠다. 전날에 겪었던 위험도 잊지 않고 있었다. 하지만 무사히 집에 돌아왔고, 약도 바로 근처에 있었다. 아무 일 없이 탈출할 수 있었던 기쁨이 너무 커서 내영혼은 희망으로 충만해졌다.

아침 식사 후, 나는 여유로운 마음으로 안뜰을 산책하면서 맑은 공기를 마셨다. 바로 그때 나는 변신을 알리는, 설명하기 힘든 이상한 느낌에 휩싸였다. 나는 간신히 연구실에 도착했지만, 이미 분노와 공포로 뒤덮인 하이드로 변해 있었다. 이번에는 두 배로 많은 양의 약을 먹어야 했다.

그로부터 6시간 후, 나는 우울한 심정으로 난롯가에 앉아 있었는데 또다시 통증이 시작되었고 약을 먹어야만 했다. 그 날 이후로 나는 격렬하게 운동을 할 때나 약효가 지속되는 시간 동안만 지킬의 모습을 유지할 수 있었다.

밤낮을 가리지 않고 변신의 전조 증상이 찾아왔다. 잠이 들거나 의자에 앉아서 잠깐 졸기만 해도 깨어나면 하이드의 모습이 되어 있었다. 계속 반복되는 저주와 나 자신으로 말미암은, 인간으로서는 견딜 수 없는 지독한 불면 때문에 나는 몸과 마음이 축 처져서 점점 쇠약해졌다. 머릿속은 오로지 하이드에 대한 공포로 가득 차 있었다.

이제는 잠이 들거나 약효가 떨어지면 변신 과정과 고통이 거의 없이 하이드의 모습으로 변해 있곤 했다. 영혼은 근거 없는 분노로 들끓었으나, 육체는 격렬한 삶의 에너지를 감당하기에는 너무 허약해져 있었다. 지킬이 약해지자, 하이드의 힘은 더욱 강해졌다. 그리고 지킬과 하이드를 구분해 주었던 증오 역시 비슷하게 커졌다. 지킬에게는 생존 본능과 연관된 문제였다. 지킬은 자신과 의식을 공유하고 죽음까지 함께할 하이드의 결점을 지금까지 목격해 왔다. 지킬은 자신을 가장 괴롭게 하는 이러한 점을 제외하고 하이드에 대해서 생각해 보았다. 그는 결국 하이드가 몸서리쳐지는 사악한 존재일 뿐 아니라 무생물적이라는 결론을 내렸다.

정말 놀랄 만한 일이었다. 깊은 구렁텅이에 빠져 있는 불쾌한 존재가 비명을 내지르고 고함을 치는 것 같았다. 지저분한 존재가 손짓하고 죄를 짓는 것 같았다. 죽어서 형체가 사라질 존재가 삶의 공간을 빼앗으려고 하는 것 같았다. 지킬에게는 하이드가 아내나 자신의 눈보다 더 가까이 달라붙어 있었다. 그는 자신의 안에서 하이드가 중얼거리거나 부활하기 위해 발버둥 치는 것을 고스란히 느꼈다. 하이드는 지킬이 약해지거나 잠에 빠졌을 때 그를 지배해 몸을 빼앗았다.

지킬을 향한 하이드의 증오는 이유가 완전히 달랐다. 하이드는 교수형에 대한 두려움 때문에 자살을 시도하기도 했지만, 자신이 완전한 인간이 아니라 지킬의 일부분일 뿐이라는 것을 계속 상기했다. 그는 이 점이 마음에 들지 않았다. 지킬이 빠져 있는 무기력 상태 역시 싫었다. 그래서 그는 내 노트에 내 글씨체로 불경한 말들을 쓰고, 편지를 찢어 버리고, 아버지의 초상화를 불태워 버렸다. 죽음에 대한 공포만 없었더라면, 그는 진작에 나를 괴롭히기 위해 자해라도 했을 것이다. 하지만 하이드는 놀라울 정도로 삶에 집착했다. 나는 그저 그를 생각하는 것만으로도 공포에 휩싸이고 소름이 돋지만, 그가 삶에 너무 집착해서 자살을 시도할 수 있다는 것 때문에 나를 얼마나 두려워했는지를 떠올리면 연민마저 느껴지는 것이다.

이 기록을 더 이어 가는 것이 무슨 의미가 있을까. 시간도 없다. 누구도 이런 고통을 겪지 않았다는 점만 말해 두겠다. 한 가지만 덧붙이자면, 이런 고통이 반복되다 보니 상당 부분 무감각해졌다는 사실이다. 괴로움이 줄어든 것이 아니라 절망에 순응하게 된 것이다. 이러한 천벌은 몇 년 동안 더 이어질 수도 있었지만, 결국 마지막 재앙이 다가왔다. 나 자신의 얼굴과 인격을 완전히 빼앗기고 만 것이다. 처음 실험한 이후로 소금을 보충하지 않아서 소금이 바닥나기 시작했다. 나는 사람을 보내서 소금을 산 후 약을 조제했다. 액체는 화학 반응을 일으킨 후 색이 변했다. 하지만 더는 색이 변하지 않았다. 이 액체는 아무리 마셔도 효과가 없었다. 내가 런던을 얼마나 샅샅이 뒤졌는지는 풀이 잘 알고 있을 것이다. 하지만 아무 소용이 없었다. 지금 생각해 보면, 처음 샀던 소금에 불순물이 들어 있었고, 그 알 수 없는 불순물이 약의 효과를 살려 준 것이 아닌가 싶다.

그 후로 일주일 정도 시간이 흘렀다. 나는 마지막 조제했던 약의 힘으로 이 기록을 마무리하고 있다. 기적이 일어나지 않는다면, 헨리 지킬의 머리로 생각하고 거울에 비친 헨리 지킬의 얼굴을 보는 것도 마지막일 것이다. (아, 지금 거울 속의 표정이 슬프게 바뀌었다.)

이 글을 마무리하는 데 너무 질질 끌지 말아야겠다. 이 글이 무사히 잘 전달된다면 세심함과 엄청난 행운 덕분일 것이다. 글을 쓰는 동안 변신이 일어난다면, 하이드는 이것을 갈 가리 찢어 버릴 것이다. 하지만 이 글을 감춰 두고 어느 정도 시간이 흐른 뒤에 변신한다면, 그의 이기심과 죽음에 대한 공 포심 때문에 이 글은 안전할지도 모른다.

우리 둘을 억누르고 있는 운명은 이미 그를 변화시키고 짓 밟고 있다. 지금으로부터 30분 후, 그 끔찍한 인격으로 다시 (그리고 영원히) 변하고 나면 그는 지금 이 의자에 앉아 부들부 들 떨거나 흐느껴 울 것이다. 아니면 긴장감과 두려움에 사로 잡혀 내 마지막 안식처인 이 방을 돌아다니면서 작은 소리에 도 놀라고 있을지도 모른다.

하이드는 교수형을 당하게 될까? 아니면 마지막 순간, 구 원을 받기 위해 용기를 낼 수도 있다. 하느님만이 알고 계실 것이다. 어쨌든 상관없다. 지금은 내가 진정으로 죽을 시간이 다. 그다음에 일어나는 일은 내가 아닌 다른 사람의 문제가 될 것이다. 이제 나는 펜을 내려놓고 고백의 편지를 봉인한 다. 바로 이 순간 나는 불행한 헨리 지킬의 삶을 마무리하고 자 한다.

병 속의 악마

케아웨라는 남자가 하와이 섬에 살고 있었다. 본명은 아니지만 아직 살아 있기 때문에 이름을 비밀로 해야 한다. 그가 태어난 곳이 케아웨 대왕의 유골이 숨겨진 동굴이 있는 호나우나우에서 멀지 않기 때문에 케아웨라고 부르겠다. 케아웨는 가난하지만 매우 열정적이고 용감했다. 그는 학교 선생님들처럼 읽고 쓸 수 있었고, 일급 항해사이기도 했다. 그는 섬들 사이를 오가는 기선을 타기도 하고, 하마쿠아 해안에서 고래잡이배를 몰기도 했다. 그러다가 그는 더 넓은 세상과 외국의 도시가 보고 싶어져서 샌프란시스코로 향하는 배에 올랐다.

샌프란시스코는 멋진 항구가 있는 도시였다. 그곳에는 부자들이 매우 많이 살고 있었는데, 특히 어떤 언덕에는 궁전 같은 집들이 들어서 있었다. 어느 날 케아웨는 주머니에 돈을 잔뜩 넣고는 그 언덕을 산책했다. 그는 양쪽에 늘어선 화려한 집들을 보며 감탄을 내뱉었다. '정말 집들이 멋지구나. 저런 곳에 사는 사람들은 행복하겠지. 그들은 내일에 대한 걱정도 없겠지.' 다른 집들보다 크기는 작았지만 장난감처럼 아기자기하게 장식된 집 앞을 지나가면서 그는 이렇게 생각했다. 그 집 앞 계단은 보석처럼 반짝거렸고, 정원 가장자리에는 꽃들이 화환처럼 활짝 피어 있었다. 깨끗하게 닦인 창문은 다이아몬드 같았다. 케아웨는 그 집 앞에 멈춰 서서 넋을 놓고 있었다. 그러다가 그는 창문을 내다보는 한 남자를 발견했다. 창문이 너무 깨끗해서 그 남자의 모습은 웅덩이 속의 물고기처럼 선명하게 보였다. 남자는 나이가 꽤 많아 보였고 대머리에 검은 턱수염을 길렀는데, 안색이 어두웠고 한숨을 내쉬고 있었다. 사실 케아웨는 그 남자를 부러워하고 있었고, 그 남자는 케아웨를 부러워하고 있었다.

갑자기 그 남자는 가볍게 웃으며 고개를 끄덕거리더니 케아웨에게 인사를 건넸다. 그는 케아웨에게 집 안으로 들어오라고 손짓하고는 현관에서 케아웨를 맞이했다.

"이 집 참 아름답지요?" 남자는 말하고는 한숨을 지었다. "들어와서 집 구경을 하고 싶지 않소?"

남자는 케아웨에게 지하실부터 지붕까지 집을 구석구석

보여 주었다. 모든 곳이 너무 완벽해서 케아웨는 얼떨떨했다.

"너무 아름답고 멋진 집입니다. 만약 제가 이런 집에서 살게 된다면 매일 웃으며 지낼 것 같네요. 그런데 선생님은 왜 계속 한숨을 쉬시나요?"

"이유가 뭐 있겠소. 당신도 원하기만 하면 이 집과 비슷하거나 더 좋은 집을 소유할 수도 있지. 그래, 돈은 좀 가지고 있소?"

"50달러를 가지고 있습니다. 하지만 이런 집이라면 당연히 50달러로는 살 수 없겠지요."라고 케아웨가 말했다.

남자는 잠시 생각하더니 말했다. "그것밖에 가지고 있지 않다니 유감이군. 그렇게 적은 돈으로 산다면 앞으로 문제가 생길 수도 있지만, 50달러에 당신에게 주도록 하지."

"이 집을요?"

"아니, 이 집 말고 병을 드리겠소." 남자가 말했다. "솔직하게 말씀드리지. 당신 눈에는 내가 부유하고 운이 좋은 것처럼 보이겠지만, 내 모든 행운과 이 집과 정원은 1파인트(약 0.5리터) 정도밖에 안 되는 병에서 나온 것이라네. 당신에게 그 병을 주겠소."

그는 자물쇠로 잠긴 곳을 열고는 목이 길고 둥그런 병 하나를 꺼냈다. 병 유리는 뿌옇게 보여서 마치 우유를 담아 놓은 것 같았고, 조금씩 무지개색으로 바뀌었다. 병 안에서 무언가가 그림자와 불꽃처럼 흐릿하게 움직였다.

"이게 그 병이라네." 남자가 말하자 케아웨는 웃음이 났다.

"내 말을 믿기 힘들 거야. 그럼 당신이 직접 실험해 보시오. 이 병을 깨뜨려 보시겠소?"

케아웨는 그 병을 받아서 바닥으로 세게 내던졌다. 하지만 병은 아이들의 장난감인 고무공처럼 튀어 오를 뿐 금도 가지 않았다. "정말 이상한 물건이군요." 케아웨가 말했다. "유리로 만든 것이 분명한데요."

"유리가 맞소." 남자는 더욱더 깊은 한숨을 내쉬며 말했다. "하지만 지옥의 불꽃으로 만들어진 유리지. 저 병 안에서 움직이는 그림자는 병 속에 사는 악마라네. 난 그렇게 생각하오. 악마는 누구든 이 병을 사는 사람의 명령에 따르지. 사랑, 명예, 돈, 집, 심지어 샌프란시스코 같은 도시라도 병의 주인이 바라는 것을 말하기만 하면 모두 이루어 준다네. 나폴레옹도 이 병을 가졌었고, 그 덕분에 세상을 지배하는 왕이 되었소. 하지만 결국에는 병을 팔아 버렸고, 그래서 몰락했지. 쿡 선장도 이 병을 가지고 있어서 그렇게 많은 섬을 발견할 수 있었소. 하지만 그 역시 병을 팔았고, 그로 말미암아 하와이에서 살해당했지. 왜냐하면 이 병을 팔아 버리면 병의 엄청난 힘과 능력이 병을 산 사람에게 옮겨 가기 때문이네. 만약 병을 판 사람이 자신이 가진 것에 만족하지 못하면, 그에게 나쁜 일이 생기고 말지."

"그런데 선생님은 왜 이 병을 파시려고 하나요?"

"나는 이미 원하는 것을 가졌고, 이제 늙어 가고 있기 때문이오. 저 악마가 해 줄 수 없는 것이 딱 하나 있는데, 그것은 바로 수명을 늘리는 일이라네. 그런데 이 병에는 결점이 하나 있소. 이걸 말해 주지 않는다면 공정하지 못하겠지. 만약 이 병을 가진 사람이 죽기 전에 병을 다른 사람에게 팔지 못하면, 그는 죽은 후 지옥에 떨어져 영원히 지옥에서 불타게 된다네."

"아, 굉장히 심각한 문제군요."라고 케아웨가 소리쳤다.

"저는 이 물건에는 관여하지 않겠습니다. 참 다행스럽게도 집 같은 건 없어도 사는 데 문제가 없습니다. 하지만 제가 견디지 못하는 것은 저주를 받는 일이거든요."

"그렇다고 겁내면서 도망칠 필요는 없소. 당신은 악마의 힘을 적당히 이용하다가 내가 당신에게 팔듯이 다른 사람에게 넘기고는 편안히 생을 마감하면 되지."

"하지만 두 가지 점이 이상하네요." 케아웨가 말했다. "선생님이 계속 사랑에 빠진 여자처럼 한숨을 내쉰다는 점과 이병을 이렇게 싸게 판다는 것이 이해가 되지 않습니다."

"내가 한숨을 내쉬는 이유는 이미 얘기한 대로 내 건강이 안 좋아지고 있기 때문이네. 당신도 말한 것처럼 죽은 후에 악마에게 간다는 건 불행한 일이기 때문이지. 병을 싸게 파는 이유를 말하겠소. 이 병에는 이상한 특징 하나가 있네. 먼 과거에 악마가 처음으로 이 병을 가져왔을 때 엄청나게 가격이 비쌌지. 프레스터 존(중세 서양에서, 아시아와 아프리카에 강대한 기독교국을 건설했다는 전설상의 왕. 사제왕 요한이라고도 함)이 수백만 달러를 주고 병을 샀소. 하지만 이 병은 손해를 보지 않고는 팔 수가 없다네. 이 병을 팔 때 자신이 산 가격으로 팔면 병은 비둘기처럼 다시 원래 주인에게 돌아오지. 이 때문에 병의 가격은 몇백 년 동안 계속 내려가서 지금은 아주 많이 싸졌소. 나는 이 언덕에 사는 이웃에게 90달러를 주고 이 병을 샀다네. 그러니 나는 89달러 99센트에는 병을 팔 수 있지만, 그보다 조금이라도 더 비싸게 팔 수는 없소. 그렇게 하면 병이 내게 다시 돌아오기 때문이지. 자, 이제 두 가지 걸리는 점에 관해 말하겠소. 먼저 이런 희귀한 병을 80달러 조금 넘는 돈으로 팔겠다고 하면, 대부분 사람은 당신처럼 농담으로 생각할 거요. 또 하나는 꼭 현금을 받아야만 팔 수 있다는 것을 잘 기억해 두시오."

"선생님 말씀이 모두 사실이라는 것을 제가 어떻게 믿지요?"

"지금 바로 확인 가능한 것도 있다오. 당신이 지금 가지고 있는 50달러를 내게 주고 이 병을 가져가시오. 그리고 50달러가 다시 당신에게 돌아오길 바라는 거지. 그렇게 되지 않는다면 맹세컨대 당신 돈을 돌려주겠소."

"설마 사기를 치시는 건 아니겠지요?" 케아웨가 물었다.

남자는 엄숙한 표정으로 맹세했다.

"그렇다면 그 정도의 위험은 감수해 보지요. 손해 보는 장사는 아닌 것 같으니까요."

케아웨는 남자에게 50달러를 건넨 후 병을 받았다.

"병 속에 있는 악마야. 50달러가 나에게 다시 돌아왔으면 좋겠어." 그 말을 하자마자 케아웨의 주머니는 아까처럼 묵직해졌다.

"오, 정말 놀라운데요?" 케아웨가 말했다.

"자, 멋진 친구여. 좋은 아침이네. 나를 위해 악마도 당신이 데려가시게나."

"잠깐만요. 이제 이런 장난은 그만하고 싶습니다. 병을 다시 가져가세요. 여기 있습니다."

"당신은 이미 내가 샀던 것보다 싸게 병을 샀소." 남자가 손을 문지르며 말했다. "이제 당신 거요. 나로서는 당신이 그걸 샀으니 어서 여길 떠나 주었으면 좋겠소." 남자는 중국인 하인을 불러서 케아웨를 배웅하게 했다.

병을 들고 길거리로 나온 케아웨는 깊은 생각에 빠졌다. '이 병에 대한 이야기가 전부 사실이라면 나는 손해 보는 거래를 한 것일지도 몰라. 단지 그 사람이 장난을 친 것일 수도 있고.' 케아웨는 호주머니에 있는 돈을 세 보았다. 정확하게 미국 돈으로 49달러, 칠레 돈으로 1달러였다. "그 사람 말이 사실인 것 같군." 케아웨는 중얼거렸다. "다른 실험도 해 봐야 겠어."

그 언덕의 거리는 배의 갑판처럼 깨끗했고, 정오가 되어 가는데도 사람이 없었다. 케아웨는 병을 도랑에 슬쩍 내려놓 고 그 자리를 떠났다. 그는 두 번이나 뒤를 돌아보았지만, 둥 근 몸통을 가진 우윳빛 병은 그대로 있었다. 하지만 케아웨가 세 번째로 돌아본 후 모퉁이를 돌자, 무언가가 그의 팔꿈치를 찔렀다. 병의 둥근 몸통은 선원용 외투 주머니에 들어가 있었 고, 병의 긴 목이 불쑥 튀어나와서 팔꿈치를 치고 있었다.

"진짜 맞는 말이군." 케아웨가 말했다.

그는 가게에서 코르크 마개 뽑이를 사서 아무도 없는 들 판으로 갔다. 그는 코르크를 뽑으려고 했지만 계속 실패했다. 마개 뽑이는 돌려 넣으려고 할 때마다 계속 튕겨 나오고 코르 크는 전과 마찬가지로 멀쩡했다.

"새로운 종류의 코르크인가 보네." 케아웨는 갑자기 몸이 떨리고 식은땀이 흘렀다. 그 병이 무서웠기 때문이다.

케아웨는 항구 쪽으로 가는 도중에 한 가게를 발견했다. 그 가게에서는 무인도에서 가져온 조개껍데기와 곤봉, 이방인들의 신상(神像), 옛 동전, 중국과 일본에서 온 그림 등 선원들이 가져온 잡다한 물건들을 팔고 있었다. 케아웨는 이 가게를 보자, 좋은 생각이 떠올랐다. 그는 가게로 들어가서 병을 100달러에 팔겠다고 제안했다. 가게 주인은 코웃음을 치고는 5달러를 주겠다고 했다. 하지만 이 병은 정말 신기한 물건이었고, 인간이 만든 것 같지 않았다. 병은 우윳빛 아래 무지개색이 신비롭게 반짝였고, 한가운데에서는 어떤 형상이 아름답게 너울거리고 있었다. 두 사람은 흥정하며 나름대로 말씨름을 벌였다. 결국 가게 주인은 케아웨에게 은화 60달러를 주고 병을 산 후 창가 진열장의 한가운데 선반에 놓았다.

"내가 50달러를 주고 산 것을 60달러에 팔았구나. 사실 그보다 조금 더 적은 돈을 주고 산 거지. 1달러는 칠레 돈이었으니까. 이제 다른 진실을 확인할 수 있겠군." 케아웨는 중얼거렸다.

배로 돌아온 케아웨가 자신의 사물함을 열자, 병이 그 안에 들어 있었다. 그보다 훨씬 빨리 배로 돌아와 있었던 것이다. 케아웨에게는 같은 배에서 근무하는 로파카라는 친구가 있었다.

"무슨 일 있어? 사물함에 뭐가 들어 있기에 그렇게 고민해?" 로파카가 물었다.

그때 선원실에는 두 사람만 있었다. 케아웨는 로파카에게 비밀을 지킬 것을 맹세하게 한 후 모든 이야기를 들려줬다.

"진짜 이상한 일이네." 로파카가 말했다. "이 병 때문에 네가 곤란에 빠지는 게 아닌가 걱정이 돼. 하지만 분명한 게 하나 있어. 너에게 그 병이 있으니 잘 이용해서 최대한 이득을 보는 게 좋지 않겠어? 네가 원하는 걸 명령해 봐. 그것이 이루어진다면 내가 그 병을 살게. 나는 내 범선을 사서 많은 섬을 오가면서 무역하고 싶은 꿈이 있거든."

"내가 바라는 건 그런 게 아니야." 케아웨가 말했다. "나는 고향인 코나 해변에 정원이 딸린 집을 갖고 싶어. 문가에는 햇볕이 쏟아지고, 정원에는 꽃이 피어 있고, 유리 창문이 있고, 벽에는 그림이 걸려 있고, 탁자에는 장식품이 놓여 있고, 좋은 양탄자가 깔린. 오늘 내가 들어가 본 집처럼 말이야. 그 집보다 층이 하나 더 높고, 궁전처럼 발코니가 사방에 있으면 더 좋겠지. 그런 집에서 아무런 걱정 없이 친구들, 친척들과 웃으면서 행복하게 지내고 싶어."

"그래, 이걸 가지고 하와이로 돌아가자." 로파카가 말했다.

"네가 원하는 것이 다 이루어진다면 아까 말한 것처럼 내가 병을 사서 범선을 달라고 할 거야."

두 사람은 이렇게 합의했다. 얼마 지나지 않아 케아웨와 로파카, 그리고 병을 실은 배는 호놀룰루에 도착했다. 상륙하자마자 그들은 해변에서 한 친구를 만났다. 그 친구는 케아웨를 보자마자 위로의 말을 건넸다.

"왜 위로를 하는 거야?" 케아웨가 친구에게 물었다.

"아, 소식을 아직 못 들었나 보구나." 친구가 말했다. "훌륭한 분이셨던 네 삼촌이 돌아가시고, 예쁜 아이였던 네 사촌 동생이 바다에 빠져 죽었어."

케아웨는 너무 슬퍼서 눈물을 흘리며 한탄했다. 그는 애도하느라 그 병에 관해서는 완전히 잊고 있었다. 하지만 로파카는 그 병을 떠올리고는 케아웨가 진정되기를 기다렸다가 그에게 말했다. "생각해 봤는데, 네 삼촌이 하와이 카우 쪽에 땅을 갖고 계시지 않았어?"

"아니, 카우는 아니고 산 쪽이었어. 후케나에서 조금 남쪽인 곳이야."

"그렇다면 이제 그 땅은 네 것이 되는 거야?" 로파카가 물었다.

"그렇겠지." 케아웨는 대답한 후 다시 삼촌과 사촌 동생을 애도했다.

"아니야." 로파카가 말했다. "지금 이렇게 한탄할 때가 아니야. 갑자기 이런 생각이 들었어. 이거 혹시 병이 저지른 일 아닐까? 갑자기 네 집을 지을 땅이 생겼잖아."

"만약에 그렇다면! 이 병이 내 친척들을 죽인 아주 비열한 짓을 한 거구나." 케아웨가 말했다. "하지만 정말 병이 저지른

일인지도 몰라. 그런 장소에 집이 있었으면 좋겠다고 생각했
으니까."

"아직 그 집은 짓지 않았어." 로파카가 말했다.

"응, 앞으로도 짓지 못할 것 같아." 케아웨가 말했다. "삼촌
이 커피와 바나나를 조금 키우셨지만, 나 혼자 먹고살 정도밖
에 되지 않아. 그 외에 나머지 땅은 화산암 지대고."

"변호사를 찾아가 보자. 내 생각엔 계속 병이 저지른 일 같
아."

두 사람은 변호사를 만나서 케아웨의 삼촌이 최근에 큰 부
자가 되었다는 사실을 알게 되었다. 그래서 상당한 금액을 상
속받을 수 있게 되었다.

"이 정도라면 충분히 집을 지을 수 있겠어." 로파카가 말
했다.

"집을 새로 지을 생각이라면, 새로 온 건축가의 명함을 드
리지요. 실력이 아주 좋다고 하더군요." 변호사가 말했다.

"점점 모든 것이 분명해지는군. 계속 따라가 보자."

두 사람은 바로 그 건축가를 만나러 갔다. 그의 탁자 위에
는 여러 장의 도면이 펼쳐져 있었다.

"평범하지 않은 걸 원하시는군요." 건축가는 도면 하나를
케아웨에게 건넸다. "이런 집은 어떠신가요?"

도면을 살펴본 케아웨는 소리를 지르지 않을 수 없었다.

그가 상상했던 집과 완벽하게 같았기 때문이었다.

'그래, 바로 이 집이야!' 케아웨는 생각했다. '소원이 이루어지는 방식이 마음에 들지는 않지만, 이 집에 완전히 반해버렸어. 악마의 장난일지라도 이 행운을 받아들여야지.'

그는 건축가에게 자신이 원하는 것을 모두 말했다. 어떤 가구를 들일지, 어떤 그림을 걸지, 장식품들은 무엇을 살지 등을 모두 말한 후 얼마 정도의 돈이 필요한지 물었다.

건축가는 많은 질문을 한 후 펜을 들고 계산하기 시작했다. 계산을 마친 그는 종이에 비용을 적어서 케아웨에게 건넸다. 그 비용은 삼촌에게 물려받을 액수와 정확하게 일치했다.

케아웨와 로파카는 서로를 마주 보며 고개를 끄덕였다.

'어찌 되었든 난 이제 집을 갖게 됐어.' 케아웨는 생각했다. '악마가 준 집이니 나에게 좋지 않을까 봐 걱정되는군. 이 병을 갖고 있는 동안은 어떤 소원도 빌지 말아야겠어. 집을 갖는 것만으로도 악마가 준 행운을 받아들이는 것이겠지만.'

케아웨는 건축가와 상의를 끝내고 계약서에 서명했다. 그러고는 로파카와 함께 배를 타고 오스트레일리아로 항해를 떠났다. 건축가를 전혀 방해하지 않고, 건축가와 병 속의 악마가 집을 짓고 꾸미는 일을 편하게 하도록 내버려 두자고 합의했기 때문이다.

항해는 훌륭했다. 그 와중에도 케아웨는 내내 조심했다.

혹시 다른 소원을 말해서 악마의 덕을 입는 일이 없도록 결심 했기 때문이다. 두 사람이 하와이로 돌아왔을 때는 이미 건축 가와 약속한 기간이 지나 있었다. 건축가는 집을 다 지었다고 말했다. 케아웨와 로파카는 케아웨가 상상했던 대로 집이 잘 지어졌는지 확인하기 위해 코나로 향했다.

산 중턱에 있는 집은 배에서도 보였다. 집 위로는 울창한 숲이 구름에 닿을 듯이 높이 솟아 있고, 아래로는 고대 왕들 이 묻혀 있는 검은 화산암 낭떠러지가 있었다. 정원에는 다양 한 색의 꽃들이 피어 있었고, 한쪽에는 파파야 과수원이, 다 른 한쪽에는 빵나무 과수원이 있었다. 바다를 향한 지붕에는 깃발을 단 배의 돛대가 세워져 있었다. 집은 3층이었고 멋진 방마다 넓은 발코니가 있었다. 유리 창문들은 너무 훌륭해서 햇빛이나 호수처럼 빛났다. 방마다 고급 가구들이 채워져 있 었다. 황금 액자에는 배, 싸우는 남자들, 아름다운 여인들, 기 이한 풍경 등을 그린 그림들이 들어가 있었다. 케아웨의 집에 걸려 있는 이 그림들만큼 강렬한 색을 사용한 그림은 어디에 도 없을 것이다. 장식품들도 아주 정교하고 훌륭했다. 오르골 과 괘종시계, 고개를 끄덕거리는 작은 남자 인형, 삽화가 많 은 책, 세상 곳곳에서 가져온 값비싼 무기와 혼자 사는 남자 의 여가를 달래 줄 훌륭한 퍼즐들도 있었다. 이런 방에서 지 낸다면 누구라도 걱정이나 근심 없이 방 안을 거닐 수 있을 것 같았다. 발코니는 매우 넓어서 마을 사람들을 모두 초대해도 즐겁게 파티할 수 있을 것 같았다. 뒤쪽 발코니에서는 육지의 미풍을 맞으며 과수원과 꽃을 구경할 수 있었고, 정면 발코니에서는 바닷바람을 마시면서 낭떠러지를 볼 수 있었다. 또한 이곳에서는 후케나와 펠레 언덕 사이를 일주일에 한 번 정도 지나다니는 홀 호나 해안에서 목재나 바나나를 싣는 범선도 구경할 수 있었다. 케아웨는 두 발코니 중에 어느 쪽이 더 마음에 드는지 정하기가 힘들었다.

집을 다 둘러본 케아웨와 로파카는 발코니에 앉았다.

"네가 원하는 대로 다 이루어진 거야?" 로파카가 물었다.

"응, 내가 기대했던 것 이상이야. 너무 멋져서 머리가 이상해질 것 같아."

"하지만 하나 잊지 말아야 할 게 있어. 모든 게 너무 자연스럽게 일어나서 병 속의 악마는 아무 일도 하지 않은 거 같아. 만약 내가 그 병을 샀다가 범선을 얻지 못하면, 아무것도 얻지 못한 채 불구덩이에 손만 집어넣게 될 수도 있거든. 너와 약속했다는 건 잘 알고 있지만, 증거를 하나만 더 보여 주면 좋겠어."

"나는 더는 악마에게 부탁하지 않기로 했어. 이 정도면 충분해."

"악마에게 부탁하자는 게 아니야. 그냥 악마를 보자는 거지. 그런다고 해서 무언가를 얻을 수 있는 것도 아니니 너무 고민하지 않아도 돼. 악마를 보게 되면 확신이 들 거 같아. 그러니 부탁할게. 악마를 한번 보자. 그러고 나서 내가 이 돈으로 병을 사도록 할게."

"내가 걱정하는 게 바로 그거야. 악마가 너무 흉측하게 생겨서 네가 악마를 보고 나면 병을 사고 싶은 생각이 사라질지도 몰라."

"난 반드시 약속을 지키는 사람이야." 로파카가 말했다. "이 돈은 우리 사이에 두도록 하지."

"좋아. 나도 궁금하긴 했어. 악마 씨, 우리가 볼 수 있게 밖으로 나와 봐."

말이 끝나자마자 악마는 병 밖으로 얼굴을 내밀었다가 도마뱀처럼 재빠르게 병 속으로 들어갔다. 두 사람은 화석처럼 굳어 버렸다. 두 사람은 밤늦도록 아무런 생각도 나지 않고, 어떤 말도 할 수 없었다. 결국 로파카가 케아웨에게 돈을 건네고는 병을 가져갔다.

"나는 약속을 지킨 거야. 어쨌든 이 병이 필요하긴 하니까. 그게 아니라면 발가락으로라도 이 병을 건드리기 싫었을 거야." 그가 말했다. "범선을 얻고 주머니에 돈이 조금 생기면 바로 이 악마를 팔아 치워야겠어. 솔직히 말하자면, 그 모습을 보고 나니 구역질이 나."

"로파카, 나를 너무 나쁘게 생각하지 말아 줘. 지금은 늦은 밤이고 길도 좋지 않으니 무덤가를 지나가는 것이 힘들겠지. 하지만 악마의 얼굴을 보고 나니, 그게 멀리 사라지지 않는 한 나는 먹지도, 잠을 잘 수도, 기도할 수도 없을 것 같아. 램프와 병을 넣을 바구니를 줄게. 그리고 내 집에서 네 마음에 드는 게 있다면 그림이든 값비싼 물건이든 다 가져가도 좋아. 그러니 제발 당장 나가 줘. 후케나에 가서 나히누와 함께 자면 되겠어."

"케아웨, 네 말은 누구라도 기분 나쁘게 받아들일 거야. 무엇보다 나는 너에게 친구로서 해야 할 도리를 다하려고 노력했고, 약속을 지키기 위해 이 병도 샀어. 그런데 이 밤중에 무덤가 길로 걸어가라고? 악마의 병을 사들여서 양심에 걸리는 죄를 짓고, 그런 병을 가진 사람에게는 열 배나 더 위험한 이 길을 말이지. 하지만 나 역시 두려워서 질린 상태이기 때문에 너를 비난할 여유도 없어. 이만 가 볼게. 이 집에서 부디 행복하게 지내길 바랄게. 나 역시 범선을 얻을 수 있기를 바라고, 악마의 병과 상관없이 우리 둘 다 천국에 갔으면 좋겠어."

그렇게 로파카는 산에서 내려갔다. 케아웨는 정면 발코니에서 말발굽 소리를 들으며 램프 불빛이 고대 왕들이 묻힌 절벽의 동굴을 따라 내려가는 것을 지켜보았다. 그는 계속 몸을 떨면서 두 손을 모아 친구를 위해 기도했다. 그러고는 그 병에서 벗어날 수 있었던 것에 대해 감사했다.

다음 날, 날씨는 아주 맑았다. 케아웨는 자신의 새로운 집이 마음에 쏙 들어서 두려움도 잊어버렸다. 그는 매일 집에서 행복한 시간을 보냈다. 그는 뒤쪽 발코니에서 마음에 드는 자리를 발견하고는 그곳에서 식사하고 호놀룰루 신문을 읽었다. 집 앞을 지나가는 사람이라면 누구든 집 안으로 들어와서 내부와 그림들을 구경할 수 있었다. 이 때문에 케아웨의 집은 유명해졌다. 이 집은 코나 지역에서 놀라운 저택, 혹은 보석 같은 저택이라고 불렸다. 케아웨가 중국인 하인을 고용해서 온종일 먼지를 닦게 해 유리와 금박, 아름다운 장식품과 그림들이 햇살처럼 반짝거렸기 때문이다. 케아웨는 집 안을 거닐 때마다 저절로 노래가 나왔고 마음도 부풀어 올랐다. 그래서 주변 바다를 지나는 배가 있으면 돛대 위에 자신의 깃발을 휘날리게 했다.

어느 날, 케아웨는 친구들을 만나러 카일루아에 가게 되었다. 그는 그곳에서 극진한 대접을 받았지만, 자신의 아름다운 집으로 빨리 돌아가고 싶은 마음 때문에 다음 날 아침 일찍 서둘러서 길을 나섰다. 또한 죽은 혼령들이 코나 거리를 돌아다니는 밤이 다가오고 있었기 때문이었다. 케아웨는 이미 악마와 거래했기 때문에 죽은 사람들을 만날까 봐 더욱더 두려웠다. 호나우나우를 지나서 먼 곳을 바라보고 있자니 바닷가에서 목욕하고 있는 여인이 보였다. 참한 처녀인 것 같았지만, 다른 생각은 들지 않았다. 그녀는 옷을 입기 시작했는데, 그녀의 하얀 블라우스와 붉은 홀로쿠(하와이에서 입는 긴 드레스)가 바람에 흩날리는 것이 보였다. 케아웨가 그녀 곁에 다가갔을 때, 그녀는 옷을 갖춰 입고 바닷가에서 올라와 있었다. 목욕을 끝낸 그녀는 개운해 보였고, 눈빛은 상냥했다. 그녀를 본 케아웨는 말을 세웠다.

"이 지역 사람들은 다 안다고 생각했는데, 처음 뵙는 분이네요."

"저는 키아노의 딸인 코쿠아라고 해요." 그녀가 말했다. "오아후에서 막 돌아왔지요. 당신은 누구세요?"

"내가 누구인지 말씀드릴게요." 말에서 내린 케아웨가 말했다. "당장은 아니고요. 뭔가 생각난 게 있거든요. 내가 누군지 말한다면 당신은 아마 나에 대해서 들어본 적이 있을 겁니다. 그래서 진실한 대답을 하지 않을지도 모르지요. 우선 한 가지만 물어볼게요. 당신은 결혼했나요?"

이 질문에 코쿠아는 크게 웃었다. "당신이 질문하고 있네요. 그럼 당신은 결혼했나요?"

"코쿠아, 난 진심으로 결혼하지 않았어요. 이 순간까지 결혼하고 싶은 마음도 없었고요. 하지만 여기 확실한 진실 하나가 있어요. 난 이곳에서 당신을 만났고, 마치 별과 같이 빛나는 당신 눈을 보았어요. 그러자 내 마음은 새처럼 재빠르게 당신에게 날아갔어요. 그러니 내가 마음에 들지 않는다면 지금 바로 말해 줘요. 나는 내 갈 길을 가도록 하겠습니다. 하지만 내가 다른 젊은 남자들보다 나쁠 게 없다면 그렇다고 말해 줘요. 그러면 당신 아버지 집으로 가서 하룻밤을 묵은 후, 내일 아침에 당신의 아버지와 상의해 보도록 하겠습니다."

코쿠아는 아무 말도 없이 바다를 보면서 웃었다.

"코쿠아, 아무 말도 하지 않는군요. 그것을 긍정적인 대답으로 받아들여도 되나요? 당신 아버지 집으로 갑시다."

코쿠아는 몇 발자국 앞장서서 가면서도 여전히 아무 말도 하지 않았다. 그녀는 가끔 뒤돌아보다가 다른 곳으로 시선을 돌렸으며 모자 끈만 입에 물고 있었다.

두 사람이 집에 도착하자, 키아노는 베란다에서 케아웨의 이름을 부르며 환영했다. 그 이름을 듣자 코쿠아는 그를 쳐다보았다. 그녀 역시 케아웨의 훌륭한 저택에 관한 이야기를 들은 것이다. 이 점은 확실히 유혹적이었다. 그들은 그날 저녁을 즐겁게 보냈다. 그녀는 부모의 눈길 아래에서도 아주 대담하고 재치 있게 케아웨를 놀렸다. 다음 날, 케아웨는 키아노와 상의한 후 코쿠아가 혼자 있는 모습을 보았다.

"코쿠아, 당신은 어제저녁 내내 나를 놀렸지요. 이제 떠나야 할 시간이 왔군요. 내 정체를 밝히지 않은 이유는 내 집이 훌륭했기 때문이에요. 당신이 그 집만 생각하고, 당신을 사랑하는 사람은 생각하지 않을까 봐 두려웠습니다. 이제 당신은 모든 것을 알게 되었네요. 나를 다시 보고 싶지 않다면 지금 말해 주세요."

"아니에요." 코쿠아는 이 말을 하며 웃지 않았고, 케아웨도 더 말을 잇지 않았다.

이것은 케아웨의 청혼이었다. 모든 것이 빠르게 진행되었다. 빨리 날아가는 화살이나 그보다 더 빠르게 날아가는 총알도 결국은 과녁을 맞히게 된다. 빠른 속도만큼 깊이도 깊어졌다. 케아웨에 대한 생각이 아가씨의 머리를 떠나지 않았다. 화산암에 부딪히는 파도에서도 케아웨의 목소리가 들렸다. 그녀는 두 번밖에 보지 않은 젊은이를 위해 부모와 고향 섬을 떠날 수도 있을 것 같았다. 케아웨는 무덤들이 있는 절벽 아래로 난 길을 날듯이 달렸다. 말발굽 소리와 케아웨의 노랫소리가 죽은 자들의 동굴 속에 메아리쳤다. 그는 밝은 집에 도착했을 때도 노래를 부르고 있었다. 케아웨가 넓은 발코니에 앉아 식사할 때 중국인 하인은 그가 어떻게 음식을 입안에 가득 넣고 노래를 부를 수 있는지 의아하게 여겼다. 해가 바닷속으로 떨어진 후 밤이 왔다. 케아웨는 램프로 불을 밝혀 발코니를 거닐었고, 그의 노랫소리는 바다의 배 위에 있는 사람들을 깜짝 놀라게 했다.

"내 집에 있다 보니 이보다 더 나은 삶은 없을 것만 같아."

그는 혼자 중얼거렸다. "나는 산꼭대기에 있어. 이것보다 좋은 게 어디 있겠어. 처음으로 방에 불을 밝혀야지. 그러고는 훌륭한 욕조에서 뜨거운 물과 차가운 물로 목욕하고 신부 방에서 혼자 자야겠다."

지시를 받은 중국인 하인은 자다가 일어나서 난로에 불을 지폈다. 아래층에서 일하던 그는 위층의 불이 켜진 방에서 노래하며 즐거워하는 주인의 소리를 들었다. 그는 물이 데워진 것을 주인에게 알렸고, 케아웨는 욕실로 갔다. 케아웨는 중국인 하인이 대리석 욕조를 채우는 동안에도 계속 노래를 불렀다. 옷을 벗는 도중에 잠깐씩 끊겼던 노랫소리가 완전히 멈췄다. 중국인 하인은 계속 귀를 기울였다. 그는 케아웨에게 괜찮냐고 소리쳐 물었다. 케아웨는 괜찮다고 대답하고는 하인에게 잠자러 가도 좋다고 했다. 그 후로 밝은 집에서는 노랫소리가 들리지 않았다. 하인은 밤새도록 주인이 발코니를 거니는 소리를 들었다.

사실은 다음과 같다. 목욕하기 위해 옷을 벗던 케아웨는 자신의 피부에 바위의 이끼 같은 얼룩이 생긴 것을 발견하고는 노래를 멈추었다. 그는 그 얼룩이 무엇을 뜻하는지 잘 알고 있었다. 자신이 문둥병에 걸린 것을 깨달은 것이다.

누구라도 그런 병에 걸린다면 슬픈 일이다. 이렇게 아름답고 훌륭한 집과 친구들을 뒤로하고 아찔한 절벽에 거센 파도가 몰아치는 북쪽 몰로카이의 격리촌으로 가야 한다는 것은 슬픈 일이었다. 게다가 이 남자 케아웨는 어제 사랑하는 사람을 만났고, 오늘 그녀의 마음을 얻었다. 그런데 지금 모든 희망이 유리가 조각나는 것처럼 순식간에 산산조각이 나고 말았다.

잠시 욕조 가장자리에 주저앉았던 그는 벌떡 일어나 소리를 지르며 밖으로 뛰어나갔다. 그는 절망에 빠진 사람처럼 발코니를 계속 맴돌았다.

"나는 조상들의 고향인 하와이를 기쁘게 떠날 수 있을 거야. 정말 가벼운 마음으로 내 집을 떠나야지. 이렇게 높은 곳에 있고 창문이 많은 아름다운 집을 떠나서 말이지. 용감하게 조상들과 떨어진 몰로카이로 가서, 절벽 사이에 있는 칼라우파파로 가서 환자들과 함께 살 수 있을 거야. 그런데 내가 무슨 잘못을 저질렀고, 내 영혼에 어떤 죄가 있었기에 그날 저녁 바닷가에서 나타난 코쿠아와 마주친 것일까. 코쿠아, 내 영혼을 유혹한 사람이여. 코쿠아, 내 삶의 등불이여. 나는 절대로 그녀와 결혼할 수 없고, 그녀를 쳐다볼 수 없고, 그녀를 만질 수 없겠지. 코쿠아, 내가 이토록 슬픈 건 당신 때문이야."

여러분은 케아웨가 어떤 사람인지 파악했을 것이다. 그는 앞으로도 그 빛난 집에서 오래도록 살며 아무에게도 병을 알리지 않을 수 있었다. 하지만 그는 코쿠아를 잃는다는 것을 상상할 수 없었다. 돼지 같은 영혼을 가진 사람들처럼 코쿠아를 속이고 결혼할 수도 있었다. 하지만 케아웨는 남자답게 그녀를 사랑했기에 그녀를 다치게 하거나 위험에 빠뜨리고 싶지 않았다.

자정이 조금 지났을 때 그는 병을 떠올렸다. 그는 뒤쪽 테라스로 가서 악마가 얼굴을 내밀었던 날을 떠올렸다. 그 생각을 하자 온몸에 소름이 돋았다.

'그 병은 무서운 물건이었지.' 케아웨는 생각했다. '악마도 끔찍하고 지옥 불을 감수해야 한다는 것도 끔찍해. 하지만 병을 치료하고 코쿠아와 결혼하려면 그 방법밖엔 없어.' 그는 생각했다. '이 집을 가지려고 악마를 참았는데, 코쿠아를 위해서라면 못할 것도 없지.'

케아웨는 다음 날에 호놀룰루로 돌아가는 홀 호가 지나간다는 사실을 떠올렸다.

"우선 그곳에 가서 로파카를 만나야겠어. 지금으로서는 내가 기꺼이 처분해 버렸던 그 병을 되찾는 것밖에는 희망이 없어."

그는 한숨도 자지 못했고, 음식도 삼키지 못했다. 그는 키아노에게 편지를 보내고 기선이 들어올 무렵 무덤 절벽 옆의 길을 따라 달렸다. 비가 왔고 말은 느려졌다. 그는 동굴의 검은 입구를 보면서 모든 괴로움을 끝내고 그곳에 잠들어 있는 사람들을 부러워했다. 그리고 전날 말을 타고 이 길을 전속력으로 달렸던 것을 생각하며 놀랐다. 그는 후케나로 갔다. 그곳에는 평소처럼 이곳저곳에서 온 사람들이 기선을 기다리고 있었다. 사람들은 상점 앞에 있는 오두막에서 농담을 주고받았지만, 케아웨에게는 어떤 이야기도 들리지 않았다. 그는 사람들 사이에 앉아서 집 위에 떨어지는 빗방울이나 바위에 부딪히는 파도도 보지 않고 한숨만 내쉬었다.

"반짝거리는 집의 케아웨가 넋이 나갔네." 사람들이 수군거렸다. 케아웨의 상태가 그랬으니 놀라운 일도 아니었다.

홀 호가 도착했고, 그는 작은 보트를 타고 배에 올랐다. 배 뒤쪽은 화산을 구경하러 온 외국 사람들로 북적였다. 배의 중간은 하와이 원주민들로 가득 찼고, 앞부분에는 힐로와 황소와 카우 말들이 실렸다. 케아웨는 혼자 슬픔에 빠져 키아노의 집을 바라보았다. 검은 바위들이 있는 바닷가, 카카오나무가 그늘을 드리운 문가에서 붉은 홀로쿠를 입은 사람이 왔다 갔다 하는 것이 보였다. 이 모습은 파리보다 크게 보이지는 않았다. 그는 외쳤다. "아, 내 마음의 여왕인 당신! 당신을 얻을 수 있다면 나의 영혼까지 바칠 수 있어."

곧 해가 졌고 선실에 불을 밝히자, 외국 사람들은 평소처럼 카드놀이를 하면서 위스키를 마셨다. 하지만 케아웨는 밤새 갑판을 거닐었다. 그리고 그다음 날, 배가 마우이나 몰로카이를 향해하는 동안에도 케아웨는 동물원에 갇힌 짐승처럼 같은 자리를 맴돌았다.

저녁이 되자 배는 다이아몬드 헤드(하와이의 오아후섬 남동쪽에 있는 화산)를 지나 호놀룰루 부두에 도착했다. 케아웨는 사람들을 헤치고 배에서 내려 로파카를 찾았다. 그는 — 이 근처에서 가장 훌륭한 — 범선의 선주가 되어서 폴라폴라나 카히키까지 모험을 떠난 것 같았다. 그래서 로파카를 만나서 도움을 받을 수 없게 되었다. 케아웨는 시내에서 변호사 일을 하는 로파카의 친구 한 명(그의 이름은 밝힐 수가 없다.)을 떠올리고는 그를 찾았다. 사람들 말에 의하면, 그는 갑자기 부유해졌고 와이키키 해변에 멋진 집을 가지고 있다고 했다. 케아웨는 어떤 생각이 떠올라서 마차를 불러 변호사를 찾아갔다.

변호사의 집은 반짝거리는 새 집이었고, 정원에 심은 나무들은 지팡이 정도의 크기였다. 집 안에서 나온 변호사는 만족스러운 표정을 짓고 있었다.

"제가 도와드릴 일이 있습니까?" 변호사가 물었다.

"로파카의 친구 맞으시지요? 그가 제게서 산 물건이 하나 있는데, 그걸 찾는 데 도움을 주실 수 있을 것 같아서요."

변호사의 표정이 어두워졌다. "케아웨 씨, 당신의 말을 모르는 척하지 않겠습니다. 별로 관여하고 싶지 않은 일이긴 하지만요. 제가 아는 게 없다는 건 잘 아실 겁니다. 하지만 생각나는 게 한 가지 있어요. 추측하다 보면 행방을 아실 수 있지 않을까요?" 변호사가 말했다.

그리고 그는 한 남자의 이름을 말했다. 그 남자의 이름 역시 밝히지 않는 것이 좋겠다. 그런 식으로 케아웨는 며칠 동안 이곳저곳을 다니면서 새 옷과 마차, 멋진 집에 대단히 만족해하는 사람들을 보았다. 그들에게 용건을 밝히면, 그들의 얼굴은 전부 어두워졌다.

'제대로 찾고 있는 것 같군.' 케아웨는 생각했다. '이런 새 옷과 마차는 모두 작은 악마의 선물이겠지. 즐거운 얼굴들은 이익을 취하고 병을 안전하게 없앴다는 뜻이고. 창백한 얼굴과 한숨 소리를 찾으면 병이 근처에 있을 거야.'

결국 그는 베리타니아 거리에 사는 한 외국인을 소개받게 되었다. 저녁 시간 즈음, 케아웨는 그 집 현관에 도착했다. 언제나 그랬듯 멋진 새 집과 새로 만든 정원, 깔끔한 창문, 그리고 화려한 전등이 보였다. 하지만 케아웨는 주인을 보자, 희망과 두려움이 섞인 충격을 받았다. 그는 젊은이였는데, 마치 살아 있는 시체처럼 보였다. 그는 사형 날짜를 받아 놓은 사람처럼 어두운 표정을 짓고 있었다.

'여기 있는 것이 확실해.' 케아웨는 이렇게 확신한 후 곧바로 그에게 용건을 말했다. "병을 사러 왔습니다."

베리타니아 거리에 사는 젊은 외국인은 그 말에 어지러움을 느낀 듯 벽에 몸을 기댔다.

"그 병." 그는 숨이 막히는 것 같았다. "병을 산다고요?" 주인은 케아웨의 팔을 잡고 방으로 안내한 후 포도주를 두 잔 가져왔다.

"우선 정중하게 인사드립니다." 외국인을 많이 만났었던 케아웨가 말했다. "그래요. 저는 그 병을 사러 왔습니다. 지금은 가격이 얼마지요?"

그 말을 들은 젊은 주인은 잔을 떨어뜨렸다. 그는 케아웨를 유령처럼 바라보았다.

"가격이요? 가격이 얼마인지 모르십니까?"

"그래서 이렇게 묻는 게 아니겠어요? 그런데 너무 괴로워 보이는군요. 가격에 무슨 문제라도 있나요?"

"케아웨 씨, 당신이 팔았던 때보다 훨씬 가격이 내려갔습니다." 그가 더듬거리면서 말했다.

"음, 그래도 더 싸게 살 수는 있지요? 당신은 얼마에 샀나요?" 케아웨가 물었다.

그러자 젊은이의 얼굴이 창백해졌다. "2센트를 주고 샀습니다." 그가 말했다.

"뭐라고요?" 케아웨는 소리쳤다. "2센트? 그렇다면 1센트에 살 수 있겠군요. 그리고 그렇게 병을 산 사람은……." 케아웨는 말을 잇지 못했다. 그렇게 사면 병을 절대 팔 수 없다. 병과 병의 악마와 죽을 때까지 함께하다가 죽으면 지옥으로 가게 된다.

젊은이는 무릎을 꿇었다. "제발 사 주십시오." 그가 간절하게 부르짖었다. "제 재산도 다 드릴 수 있습니다. 그 가격에 병을 살 생각을 했다니 미친 짓이었지요. 제가 일하던 가게에서 돈을 횡령했다가 들켜서 감옥에 갈 수밖에 없었거든요."

"불쌍하군요." 케아웨가 말했다. "그런 무모한 일로 영혼을 위기에 놓이게 하고, 자신이 저지른 죄에 대한 벌을 피했군요. 내가 사랑 앞에서라도 망설일 거라고 생각하겠지요. 하지만 그렇지 않아요. 그 병과 잔돈을 저에게 주세요. 잔돈은 늘 준비되어 있겠지요? 여기 5센트입니다."

케아웨가 예상한 것이 맞았다. 젊은이는 서랍 속에 잔돈을 준비해 두고 있었다. 병의 주인이 바뀌었고, 케아웨는 병이 손에 들어오자마자 다시 깨끗한 사람이 되게 해 달라고 빌었다. 그가 호텔로 들어가 옷을 벗자, 당연히 그의 피부는 아기처럼 깨끗해져 있었다. 그런데 이상한 일이 생겼다. 그는 이 기적을 보자마자 다른 생각이 들었다. 이제 문둥병에 대한 걱정도 없고, 코쿠아도 생각나지 않았다. 이제는 영원히 병의 악마에게 구속되었고, 지옥의 불길 속에서 재가 되는 일만 남았다는 생각이 들었다. 그는 마음의 눈으로 지옥 불을 보았고, 영혼이 오그라들어서 어둠이 빛을 덮쳤다.

케아웨가 정신을 차렸을 때는 늦은 밤이었다. 호텔에서 연주하는 밴드의 음악 소리가 들렸다. 그는 혼자 있는 것이 무서워서 호텔 안을 이리저리 돌아다니며 밴드의 음악을 들었다. 하지만 계속 그의 눈에는 지옥의 불길이 보였고, 귀에는 불이 타오르는 소리가 들렸다. 갑자기 밴드는 〈히키 아오 아오〉를 연주하기 시작했다. 그것은 코쿠아와 함께 불렀던 노래였다. 다시 용기가 난 케아웨는 발걸음을 재촉했다.

'이제 끝났어. 다시 악마와 잘 지내는 수밖에.' 그는 생각했다.

그는 하와이로 가는 첫 배를 타고 돌아왔고, 서둘러 준비해 코쿠아와 결혼한 후 그녀를 빛나는 집으로 데려왔다. 둘이 함께 있을 때면 케아웨의 마음은 평안했다. 하지만 혼자 남겨지면 그는 우울한 공포에 잠겼다. 지옥 불이 타는 소리가 들리고, 새빨간 불꽃이 보였다. 코쿠아는 진심으로 그를 사랑했다. 그녀는 그만 보면 가슴이 뛰었고, 그녀의 손은 그의 손에 항상 붙어 있었다. 코쿠아는 머리부터 발끝까지 매우 아름다워서 모든 사람이 그녀를 기쁘게 바라보았다. 그녀는 천성적으로 발랄하고 언제나 듣기 좋은 말만 했다. 노래로 가득 찬 그녀는 밝은 집 이곳저곳을 돌아다니며 이 3층 집에서 가장 밝은 존재가 되어서 새처럼 노래했다. 케아웨는 즐거운 마음으로 그녀를 보고 그녀의 노래를 들었지만, 한편으로 그녀를 얻기 위해 낸 대가를 생각하면 마음이 움츠러들면서 잃거나 울기도 했다. 그런 후 그는 눈물을 닦고 얼굴을 씻고 나서 발코니로 나가 그녀와 함께 노래를 불렀다. 그는 마음은 괴로웠지만 그녀에게 웃어 보였다.

마침내 코쿠아의 발이 무거워지고 노랫소리가 그치는 날이 왔다. 이제는 케아웨만 혼자 우는 것이 아니었다. 두 사람은 그 넓은 집의 간격만큼 거리를 두고 떨어져 반대편 발코니에서 각자 울었다. 케아웨는 자신의 절망에 깊이 빠져서 변화를 알아차리지 못했다. 그저 혼자 앉아서 자신의 운명을 생각할 시간이 늘어난 것에 감사했고, 아픈 마음으로 억지웃음을 지어야 하는 일이 줄었다는 것만 느꼈다. 어느 날, 그는 조용히 집 안을 떠돌다가 어린아이가 우는 것 같은 소리를 들었다. 코쿠아가 발코니 바닥에 얼굴을 대고는 슬피 울고 있는 소리였다.

"코쿠아, 당신이 울고 있다니. 당신을 행복하게 해 줄 수 있다면 내 목도 내놓을 수 있는데." 케아웨가 말했다.

"행복이라고요?" 코쿠아는 울면서 말했다. "케아웨, 당신은 이 밝은 집에서 혼자 살았을 때 이 섬에서 행복한 사람의 상징 같은 존재였어요. 웃음과 노랫소리가 끊이질 않았고, 당신의 표정은 햇살처럼 밝았지요. 그러다가 불쌍한 코쿠아와 결혼하고는 내가 무엇이 잘못되었는지 당신은 웃지 않았어요. 아, 제 어떤 점이 잘못되었나요? 저는 제가 예쁘고, 당신을 진심으로 사랑한다고 생각했는데. 제 어떤 점이 마음에 들지 않아서 남편이 이렇게 우울해진 걸까요."

"불쌍한 코쿠아." 케아웨는 그녀 옆에 앉아 그녀의 손을 잡으려고 했지만, 그녀는 뿌리쳤다. "불쌍한 코쿠아." 그가 다시 말했다. "내 불쌍한 아가씨, 내 예쁜 아가씨. 당신에게만큼은 이 괴로움을 주고 싶지 않아서 내내 생각했어요. 하지만 당신도 알아야겠지. 그래야 불쌍한 케아웨를 동정해 줄 테니. 그리고 케아웨가 당신을 얼마나 사랑했는지, ─ 당신을 얻으려고 지옥도 무릅썼으니 ─ 지금도 얼마나 사랑하는지, 여전히 당신을 보면 웃음을 짓는다는 것을 알게 되겠지요."

케아웨는 그녀에게 모든 이야기를 들려주었다.

"저 때문에 그렇게 했다고요?" 그녀는 울부짖었다. "그렇다면 저는 무얼 무서워했던 거지요?" 그녀는 케아웨를 안고 울었다.

"나의 코쿠아. 하지만 나는 지옥 불을 생각하면 무서워요."

"그런 말 하지 마세요. 누구라도 코쿠아를 사랑했다는 이유로 벌을 받게 둘 수는 없어요. 제 이 두 손으로 당신을 구하지 못하면 함께 죽겠어요. 당신은 저를 사랑해서 영혼까지 팔

왔는데, 그 보답으로 당신을 구하고 제가 죽지 못할 것 같나요?"

"오, 사랑하는 아내여. 당신은 나를 위해서 100번도 더 죽을 수 있겠지만, 그런다고 뭐가 달라지겠어요? 내 운명의 날이 오면 날 혼자 있게 해 줘요." 그는 울었다.

"당신은 몰라요." 그녀가 말했다. "난 호놀룰루에 있는 학교에서 훌륭한 교육을 받았어요. 전 보통 여자가 아니지요. 그리고 다시 말하지만, 제가 사랑하는 사람은 제가 살릴 거예요. 1센트에 대해서 말씀하셨지요? 하지만 미국이 세상의 전부는 아니에요. 영국에는 파딩이라는 동전이 있는데, 0.5센트 정도 된답니다. 아, 그건 거의 의미가 없군요. 슬픈 일이지만 사는 사람이 파멸하고 말 테니까요. 케아웨, 세상에는 당신처럼 용감한 사람이 없을 거예요. 프랑스에는 상팀이라고 하는 작은 동전이 있어요. 1센트는 5상팀 정도 될 거예요. 그 이상은 없는 것 같으니 우리 프랑스령 섬으로 가요. 가장 빠른 배를 타고 타히티로 가는 거지요. 거기에 가면 4상팀, 3상팀, 2상팀, 1상팀이 있어요. 네 번이나 사고팔 수 있는 거지요. 가서 우리 열심히 팔아 봐요. 케아웨, 키스해 줘요. 걱정은 어서 떨쳐 버리세요. 코쿠아가 당신을 꼭 지켜 줄게요."

"이건 하느님의 축복이야!" 그가 외쳤다. "이렇게 좋은 것을 바란다고 해서 하느님이 벌을 내리시진 않을 거야. 좋아,

당신이 원하는 곳으로 가요. 내 목숨과 구원을 당신에게 맡길 게요."

다음 날, 코쿠아는 일찍부터 준비를 서둘렀다. 그녀는 케 아웨가 예전에 썼던 상자에 병을 넣었다. 그러고는 좋은 옷과 집에 있는 장식품 중에 화려한 것들을 챙겨 넣었다.

"우리는 부자처럼 보여야 해요. 그렇지 않으면 아무도 병 이야기를 믿지 않을 거예요." 그녀는 새처럼 명랑했지만, 케 아웨를 볼 때마다 눈물을 흘리며 그에게 달려가 키스했다. 케 아웨는 영혼을 누르던 무게를 덜어 낸 기분이 들었다. 그는 아내와 비밀을 나누고 희망이 생기자 새로운 사람이 된 것 같았다. 발걸음이 가벼워진 그는 이제야 편하게 숨을 쉴 수 있었다. 하지만 아직 그에게는 공포가 남아 있었다. 바람이 불어서 촛불이 꺼지면 희망도 꺼졌고, 지옥에서 타오르는 불과 불빛이 보였다.

그들은 미국으로 여행을 간다고 소문을 냈다. 사람들은 이상하게 여겼지만, 누구도 진실을 짐작조차 하지 못했다. 그들은 홀 호를 타고 호놀룰루에 가서 수많은 외국인과 함께 우마틸라 호를 탄 후 샌프란시스코로 향했다. 샌프란시스코에 도착한 그들은 프랑스령의 중심지인 파페에테로 가는 우편선인 트로픽버드 호를 탔다. 그들은 즐거운 항해 끝에 무역풍이 불어오는 화창한 날, 목적지에 도착했다. 그들은 파도가 부서지는 암초와 야자나무로 가득한 섬, 파도를 타는 범선들과 푸른 나무들 사이로 해안을 따라 늘어선 마을의 하얀 집들과 산, 구름을 보았다. 타히티는 이런 곳이었다.

그들은 우선 집을 빌리는 것이 현명한 방법이라고 생각했다. 그래서 그들은 돈이 많다는 것을 과시하기 위해 영국 영사관 앞에 있는 집을 빌리고는 말과 호화로운 마차를 샀다. 병이 있는 한 그것은 매우 쉬운 일이었다. 케아웨보다 훨씬 대담했던 코쿠아는 언제든 돈이 필요하면 악마에게 20달러나 100달러를 요구했다. 이렇게 돈을 마구 쓰자, 그들은 곧 시내에서 유명해졌다. 그들은 하와이에서 왔으며, 화려한 마차를 타고 다니고, 코쿠아가 아름다운 홀로쿠를 입고 고급 레이스로 장식하고 다닌다는 사실이 사람들의 입에 오르내렸다.

그들은 타히티 말에도 금방 익숙해졌다. 하와이 말에서 몇 가지만 바꾸면 타히티 말이 되어서 어렵지 않았다. 의사소통이 가능해지자, 그들은 병을 팔러 다니기 시작했다. 하지만 화제를 꺼내기가 쉽지 않았다. 영원한 부와 건강의 원천을 4상팀에 팔겠다는 것을 설득하기는 어려웠다. 게다가 병이 지닌 위험도 설명해야 했다. 대부분 사람은 이야기를 믿지 않고 웃어넘기거나 병의 부정적인 부분만 심각하게 생각해 인상을 쓰고는 악마와 거래한 케아웨 부부를 멀리했다. 얼마 후 그들은 자신들이 따돌림을 받고 있다는 것을 알게 되었다. 특히나 코쿠아가 참기 힘들었던 것은 아이들이 그들을 보면 비명을 지르며 달아나는 점이었다. 가톨릭 신자들은 그들을 보면 성호를 그었고, 다른 사람들은 그들을 보면 재빨리 흩어졌다.

크게 낙심한 그들은 점점 영혼이 말라갔다. 바쁘고 피곤한 하루를 보낸 후 밤이 되면 그들은 말없이 앉아 있거나, 코쿠아가 울음을 터뜨려서 침묵이 깨지고는 했다. 가끔은 같이 기도했고, 저녁 동안 병 가운데 그림자가 너울거리는 것을 지켜보기도 했다. 그럴 때면 잠자는 것도 두려워졌다. 쉽게 잠들기가 힘들었고, 둘 중 한 명이 잠들었다고 하더라도 다른 한 명의 울음소리로 잠이 깨거나 혼자 깨어나는 경우가 많았다. 그럴 때는 병과 함께 있는 것이 무서워서 집 밖으로 나가 정원에 있는 바나나 나무 근처를 서성거리거나 달빛을 받으며 바닷가를 헤맸다. 어느 날 저녁, 코쿠아가 잠에서 깼을 때도 마찬가지였다. 침대를 더듬어 본 그녀는 그의 침대가 차가운 것을 알고는 두려웠다. 그녀는 침대에 앉아 창을 바라보았다. 방은 달빛으로 밝았다. 방바닥에는 병이 놓여 있었다. 바람이 세게 불어서 길가에 있는 큰 나무들이 울부짖는 듯한 소리를 냈고, 낙엽들은 버석거리면서 굴러다녔다. 그때 코쿠아는 다른 소리를 들었다. 짐승인지 사람인지는 알 수 없었지만, 너무나 슬프게 우는 소리였다. 코쿠아는 조용히 일어나 창밖을 내려다보았다. 케아웨가 바나나 나무 아래에 누워서 흙에 입을 박고는 흐느끼고 있었다.

코쿠아는 우선 달려가서 그를 위로하고 싶었지만, 케아웨는 아내에게 남자답게 보이고 싶어 한다는 것을 알기에 참았다. 자신의 약한 모습을 들킨다면 남편이 수치스러워할 것 같았다.

그녀는 생각했다. '약해지면 안 돼. 이 영원한 위험을 감수하고 있는 사람은 내가 아니라 그이야. 영혼에 저주를 받은 것도 그이지 내가 아니야. 나를 위해서 그런 거야. 보잘것없는 사람의 사랑을 구하기 위해서. 지금 그이는 바싹 앞으로 다가온 지옥의 불길을 보고 있어. 달빛이 비치고 바람이 부는 곳에 누워서 그 불길의 연기를 마시고 있는 거야. 내 영혼이 너무 둔감해서 내 의무를 생각하지 못한 걸까? 아니면 알면서도 외면했던 걸까? 하지만 이제는 남편에 대한 사랑으로 내 영혼을 내놓을 거야. 천국으로 가는 빛나는 계단과 그곳에서 만날 친구들에게 작별의 인사를 건네자. 사랑에 보답하는 것은 사랑뿐이야. 케아웨의 사랑과 내 사랑은 같아야 해. 영혼에는 영혼뿐이야. 파멸하는 영혼도 내 영혼이 되어야 해.'

그녀는 서둘러 준비했다. 옷을 차려입고는 항상 준비해 두었던 소중한 상팀 잔돈들을 챙겼다. 상팀 동전은 거의 쓰이지 않아서 정부 사무실에 가서 미리 준비해 두었다. 그녀가 거리로 나서자, 구름이 달을 가려서 어두웠고 시내는 잠들어 있었다. 그녀는 나무 사이에서 기침 소리가 들릴 때까지 갈 곳을 잃은 채 이리저리 배회했다.

"할아버지." 코쿠아가 말했다. "이렇게 추운 밤에 왜 나와 계세요?"

노인은 기침이 계속 나와서 말하지 못했다. 그녀는 늙고 가난한 그 노인이 이 섬사람이 아니라는 것을 알아차렸다.

"할아버지, 제 부탁 좀 들어주시겠어요?" 코쿠아가 말했다. "저도 할아버지처럼 이방인이에요. 하와이에서 온 어린 딸을 도와주세요."

"아, 네가 여덟 섬에서 온 마녀로구나." 노인이 말했다. "이제 이 늙은 영혼도 옭아매려고 노리는 건가? 나는 이미 네 소문에 대해 들었어. 나에게 사악한 짓을 하려거든 한번 해 보라고."

"잠깐 여기 앉아 보세요. 이야기를 하나 해 드릴게요." 그녀는 노인에게 케아웨의 이야기를 모두 들려주었다.

"제가 그 사람의 아내예요. 그 사람은 저를 얻기 위해 영혼까지 팔았지요. 이제 저는 어떻게 해야 할까요? 제가 직접 그에게 가서 병을 산다고 하면 그는 분명히 거절할 거예요. 하지만 할아버지가 산다고 하면 기꺼이 팔겠지요. 제가 여기에서 기다릴 테니 할아버지가 병을 4상팀에 사 오세요. 그러면

제가 3상팀에 살게요. 하느님께서 불쌍한 저에게 힘을 주시기를!"

"나를 속이는 거라면 하느님이 널 가만두지 않을 거야."

"당연하지요!" 코쿠아가 외쳤다. "만약 그렇다면 천벌을 받아야지요. 전 그렇게 배신하는 사람이 아니에요. 그렇다면 하느님이 가만두지 않으실 거예요."

"그럼 나한테 4상팀을 주고 여기서 기다려."

길가에 홀로 서서 기다리던 코쿠아의 영혼은 쇠약해졌다. 거센 바람이 나무를 뒤흔들었고, 지옥 불꽃이 선명하게 보였다. 가로등 불빛을 받은 나무 그림자는 악마의 손길 같았다. 그녀에게 조금이라도 기운이 있었다면 달아났을 것이고, 숨이 조금이라도 있었다면 소리를 질렀을 것이다. 하지만 그녀는 아무것도 할 수 없었다. 그저 놀란 아이처럼 그 자리에 서서 떨 뿐이었다.

그때 노인이 돌아왔다. 그는 손에 병을 들고 있었다.

"네 부탁을 들어줬다." 노인이 말했다. "네 남편이 아이처럼 우는 걸 그냥 두고 왔지. 오늘은 잠을 잘 잘 수 있을 거야." 그는 병을 내밀었다.

"병을 저에게 주시기 전에 할아버지도 악마에게 소원을 말해 보세요. 기침을 낫게 해 달라고 하세요."

"난 너무 늙었어. 악마와 거래하기엔 너무 무덤 가까이 왔지. 그런데 왜 병을 받지 않아? 망설여지는 건가?"

"아니에요." 코쿠아가 말했다. "제 몸이 약해졌을 뿐이에요. 조금만 기다려 주세요. 지금은 제 손이 말을 안 듣네요. 제 몸이 저주받은 그 물건을 거부하고 있어서 그래요. 아주 잠깐만 기다려 주세요."

노인은 인자한 표정으로 그녀를 바라보았다. "불쌍한 아가씨 같으니라고." 그가 말했다. "겁에 잔뜩 질렸구나. 네 영혼이 두려워하는구나. 그렇다면 이 병은 내가 가지고 있겠네. 난 이미 늙었어. 이 세상에서 행복해지기도 글렀지. 그리고 다음 세상에서도⋯⋯."

"병을 어서 주세요." 코쿠아가 단호하게 외쳤다. "여기 돈 있어요. 저는 그렇게 비열한 사람이 아니에요. 병을 저에게 주세요."

"하느님의 축복이 있길!"

코쿠아는 병을 감추고는 노인과 작별 인사를 하고 길을 걸었다. 어디로 가는지는 전혀 신경이 쓰이지 않았다. 어디로 가든 지옥으로 가는 길이었으니 그녀에게는 어떤 길이든 다 마찬가지였다. 그녀는 걷다가 달리기도 했다. 소리를 지르다가 바닥의 먼지 속에 엎드려서 울기도 했다. 지옥에 관한 이야기가 귀에 들리는 것 같았다. 지옥의 불꽃이 타오르는 것이 보였고, 연기 냄새가 났으며, 살갗이 타들어 가는 것 같았다.

동이 틀 무렵에서야 그녀는 집으로 돌아갔다. 노인이 말한 것처럼 케아웨는 아이처럼 곤하게 잠들어 있었다.

"이제 당신이 잘 차례예요." 코쿠아가 말했다. "당신은 잠에서 깨어나면 노래하고 웃게 될 거예요. 하지만 불쌍한 코쿠아에게는 이제 잠이나 노래, 기쁨은 없겠지요. 이곳 혹은 다른 세상에서도요."

그녀는 케아웨가 누워 있는 침대에 나란히 누웠다. 정신적 고통이 심했던 그녀는 바로 정신을 잃었다.

늦게 일어난 케아웨는 그녀를 깨워서 좋은 소식을 전했다. 그는 너무 기뻐서 바보가 되었는지 그녀의 고통을 알아차리지 못했다. 그녀는 입안에서 말이 맴돌았지만, 어떤 말도 할수 없었다. 케아웨는 혼자 계속 떠들었고, 코쿠아가 식사를 제대로 하지 못하는 것에 신경 쓰지도 않고 혼자 접시를 싹 비웠다. 그러한 그를 바라보는 코쿠아는 이상한 꿈을 꾸는 것 같은 기분이었다. 그녀는 가끔 자신의 처지를 잊어버리거나 현실이 의심스러워서 꿈이 아닌지 팔을 꼬집어 보기도 했다. 그녀는 자신의 암울한 운명을 생각하자, 남편의 수다가 끔찍하게 여겨졌다.

케아웨는 계속 먹고 마시고 떠들었다. 그러면서 돌아갈 계획을 세우고, 자신을 구해 준 아내에게 감사했다. 그는 그녀에게 애정을 표현하면서 병을 사 간 노인을 비웃었다.

"훌륭한 노인처럼 보였는데." 케아웨가 말했다. "하긴 겉모습으로는 아무도 모르지요. 왜 그런 병이 필요했을까요?"

"케아웨." 코쿠아가 차분하게 말했다. "좋은 일을 하려고 그랬을 거예요."

케아웨는 미친 사람처럼 크게 웃었다.

"말도 안 되는 소리예요." 케아웨가 말했다. "그는 분명히 멍청한 사람이었어요. 4상팀에 파는 것도 그렇게 어려웠는데 3상팀에 파는 건 거의 불가능하겠지요. 이제 얼마 지나지 않아 그 물건은 없어질 거예요." 그는 몸을 부르르 떨었다. "더 작은 동전이 있다는 걸 모르면서도 1센트에 산 건 사실이에요. 고통 때문에 바보 같았지. 그런 바보를 또 찾을 수는 없을 거예요. 이제 그 병을 가진 사람이 지옥으로 가겠지."

"케아웨." 코쿠아가 말했다. "한 사람이 구원을 얻으려고 다른 사람을 파멸에 빠뜨리는 것이 끔찍하지 않나요? 전 웃을 수 없어요. 그냥 슬퍼하면서 조용히 있을래요. 그리고 불쌍하게 병을 가져간 사람을 위해 기도하겠어요."

그녀의 말이 옳다는 것을 알면서도 케아웨는 더 화가 났다.

"젠장, 그렇게 잘난 척하려거든 당신이나 실컷 슬퍼해요!" 그는 소리를 질렀다. "좋은 아내라면 이렇게 행동해야 하는 건가? 조금이라도 날 생각한다면 부끄러워해요!"

그는 밖으로 나가 버렸고, 코쿠아는 홀로 남겨졌다.

병을 2상팀에 팔 수 있을까? 그녀는 불가능하다고 생각했다. 만약 가능성이 있다 해도 케아웨는 1센트보다 적은 동전이 없는 곳으로 그녀를 데리고 갈 것이다. 남편은 그러한 희생도 모른 채 그녀를 비난하며 나가 버렸다.

그녀는 시간이 얼마 없음에도 노력할 생각도 하지 않고 집에 멍하니 앉아 있었다. 그녀는 병을 꺼내서 공포심을 느끼며 바라보다가 결국 치워 버렸다.

얼마 후 집으로 돌아온 케아웨는 그녀에게 마차를 타고 바람이나 쐬자고 말했다.

"케아웨, 난 몸이 좋지 않아요." 그녀가 말했다. "기운이 없어서 안 되겠어요. 미안해요. 나가고 싶지 않네요."

그 말을 듣자 케아웨는 더욱 화가 났다. 코쿠아가 노인의 일에 너무 신경을 쓴다고 생각해서 화가 나고, 다른 사람이 불쌍하다던 그녀의 말이 옳았기 때문에 기뻐한 자신이 부끄러워서 화가 났다.

"이게 당신의 진심이었어!" 케아웨가 소리를 질렀다. "당신의 사랑이 이 정도였다니! 당신의 남편이 이제 막 파멸에서 벗어났는데 기쁘지도 않아? 파멸을 선택한 것도 당신에 대한 사랑 때문이었는데. 그런데 기운이 없어서 못 나가겠다고? 코쿠아, 당신은 나에게 충실하지 않은 거야."

그는 화를 내며 집을 나갔고, 온종일 시내를 떠돌았다. 그러던 중 친구들을 만나 술을 마시게 되었다. 이어서 케아웨와 친구들은 마차를 불러서 다른 지역으로 나가 또 술을 마셨다. 케아웨는 계속 마음이 불편했다. 아내가 슬픔에 잠겨 있는데 자신은 친구들과 술을 마시며 놀고 있었기 때문이었다. 또한 아내의 말이 옳다는 것을 인정하고 있었기에 더욱 마음이 불편해서 취하도록 술을 마셨다.

그와 함께 술을 마시던 사람 중에는 나이가 많고 야만스러운 외국인 한 명이 있었다. 그는 포경선에서 갑판장으로 있다가 도망쳐 나와서 금광의 광부로 일하기도 했고, 죄를 저질러서 감옥에 들어간 적도 있었다. 그는 비열했고 입까지 더러웠다. 또한 술을 퍼마시는 것과 다른 사람이 술 취한 모습을 지켜보는 것을 좋아했다. 그는 케아웨에게 계속 술을 권했다. 그러다 보니 케아웨 일행은 술 마실 돈이 다 떨어졌다.

"이봐." 갑판장이 말했다. "넌 항상 돈이 많다고 말하고 다녔잖아. 그러니 술을 한 병 사라고! 아니면 비난을 피할 수 없을 거야."

"그래요." 케아웨가 말했다. "난 돈이 많지요. 집에 가서 아내에게 돈을 달라고 할게요. 돈 관리는 아내가 하거든요."

"이봐, 그건 아주 잘못하고 있는 거야." 갑판장이 말했다. "치마 입은 여자한테 1달러도 맡기면 안 된다고. 여자들은 믿지 못할 것들이야. 마누라를 잘 감시하라고.”

이 말은 술에 취해서 제정신이 아닌 케아웨의 마음에 꽂혀 버렸다.

'코쿠아가 뭔가를 숨기고 있는 게 틀림없어.' 케아웨는 생각했다. '혹시 부정을 저지른 건가? 그렇지 않으면 왜 내가 해방되었는데 그렇게 슬퍼하겠어. 내가 만만한 사람이 아니라는 것을 보여 줘야겠어. 부정 현장을 잡고 말겠어.'

케아웨는 일행들과 함께 시내로 돌아왔다. 케아웨는 갑판장에게 옛 교도소 모퉁이에서 기다리라고 말한 후 큰길을 따라 집으로 갔다. 밤이 되어서 집에는 불이 켜져 있었지만, 아무런 소리도 들리지 않았다. 케아웨는 집 모퉁이를 돌아서 살그머니 뒷문을 열고는 집 안을 살펴보았다.

코쿠아는 옆에 램프를 두고 바닥에 앉아 있었다. 그녀 앞에는 몸통이 둥글고 목이 긴 우윳빛 병이 놓여 있었다. 코쿠아는 병을 바라보면서 두 손을 비비고 있었다.

케아웨는 한참을 문간에 서서 그 모습을 바라보았다. 처음에는 그저 멍할 뿐이었다. 이어서 그는 샌프란시스코에서 그랬던 것처럼 병 거래가 잘못되어서 병이 다시 돌아왔다고 생각하고는 공포에 질렸다. 그는 다리가 후들거렸고, 아침 강가에서 안개가 사라지는 것처럼 술기운이 사라졌다. 그때 그는 갑자기 이상한 생각이 들었다. 그 생각에 그의 얼굴이 달아올랐다.

'내 생각이 맞는지 확인해 봐야겠어.' 케아웨는 생각했다.

그는 뒷문을 닫고 살며시 모퉁이를 돌아 현관으로 갔다. 그러고는 이제 막 집에 도착한 것처럼 요란스럽게 안으로 들어갔다. 그러자 병은 보이지 않았다. 의자에 앉아 있었던 코쿠아는 막 잠이 깬 것처럼 놀라서 일어났다.

"온종일 친구들과 술을 마셔서 아주 기분이 좋아요." 케아웨가 말했다. "지금은 돈을 좀 가지러 온 거예요. 다시 돌아가서 또 친구들과 술을 흥청망청 마실 생각이요."

그의 얼굴과 목소리는 판결을 내리는 사람처럼 딱딱했지만, 코쿠아는 괴로움 때문에 알아차리지 못했다.

"네, 당신 돈이니 마음대로 가져가서 쓰세요." 코쿠아가 떨리는 목소리로 말했다.

"뭐든지 내 마음대로 할 거요. 그러니 걱정하지 말라고." 케아웨는 상자로 가서 뚜껑을 열고 돈을 꺼냈다. 악마의 병을 넣어 두던 상자 구석을 살폈지만 아무것도 없었다.

그러자 상자가 파도처럼 솟아오르고 집 전체가 소용돌이처럼 마구 도는 것 같아서 어지러웠다. 이제는 가망이 없고 도망갈 곳도 없다는 것을 깨달았기 때문이다. 그녀가 병을 샀다는 것을 알게 된 것이다.

'내가 걱정했던 대로군.' 그는 생각했다. '코쿠아가 병을 산

거야!'

정신을 차린 케아웨는 벌떡 일어섰다. 그의 얼굴에서는 우물물처럼 차가운 땀이 비처럼 쏟아졌다.

"코쿠아, 난 오늘 기분이 그다지 좋지 않다고 말했었지. 이제 난 재밌는 친구들에게 돌아가서 다시 흥청망청 즐길 거예요." 그는 부드럽게 웃으며 말했다. "당신이 날 이해하고 용서해 준다면 가서 잘 놀다 올게요."

코쿠아는 그의 무릎을 껴안았다. 그녀는 눈물을 흘리며 그의 무릎에 키스했다.

"케아웨!" 그녀가 말했다. "저에게는 그저 상냥하고 따뜻한 말 한마디면 충분해요."

"우리 앞으로는 모진 생각은 하지 말도록 해요." 케아웨는 이렇게 말하고는 집 밖으로 나갔다.

케아웨가 가지고 나온 돈은 타히티에 도착했을 때 준비했었던 상팀 동전뿐이었다. 그는 더는 술을 마시고 싶지 않았다. 아내가 그를 위해 영혼을 팔았으니 이제는 자신도 영혼을 바쳐야 했다. 그에게는 오직 그 생각뿐이었다.

옛 교도소 모퉁이에서는 갑판장이 그를 기다리고 있었다.

"아내가 병을 가지고 있습니다. 내가 그 병을 찾을 수 있게 도와주지 않으면 돈도 구할 수 없고 술도 더 마실 수 없어요."

"그 악마의 병인가 뭔가 하는 이야기가 진짜였단 말이야?"

갑판장이 놀라서 소리쳤다.

"가로등에 비친 내 얼굴을 보세요. 내가 농담하는 것 같습니까?"

"음, 그렇군. 유령처럼 심각하게 보이네."

"좋습니다. 여기 2상팀이 있어요. 집이 어딘지 알려드릴 테니 내 아내에게 가서 병을 사겠다고 하세요. 내가 잘못 판단한 것이 아니라면 아내는 바로 병을 가져올 겁니다. 그 병을 가져오면 내가 1상팀에 다시 살게요. 이 병을 팔 때는 산 가격보다 더 싸게 팔아야 하는 규칙이 있거든요. 하지만 내 부탁으로 왔다는 말을 절대 해서는 안 됩니다."

"이봐, 친구. 날 바보처럼 놀리는 건 아니겠지?"

"당신은 아무런 손해도 보지 않을 겁니다."

"그래, 맞아."

"내 말이 의심스럽다면 직접 실험해 보세요. 병을 들고 우리 집에서 나오는 즉시 주머니에 돈이 가득 찼으면 좋겠다거나, 최고급 럼이 한 병 생기면 좋겠다거나, 뭐든 원하는 걸 말해 보세요. 그러면 그 병의 힘을 바로 알게 될 거예요."

"좋아, 원주민 친구." 갑판장이 말했다. "내가 해 보지. 하지만 나를 속이는 거라면 나도 자네를 밧줄에 걸어 놓고 놀릴 거야."

그렇게 해서 갑판장은 큰길을 따라 케아웨의 집으로 올라

갔다. 케아웨는 그 자리에 서서 기다렸다. 전날 밤 코쿠아가 노인을 기다렸던 곳과 가까운 장소였다. 케아웨는 두려웠지만 그의 결심은 단단했고 조금도 흔들리지 않았다. 그의 영혼만이 절망 속에서 한탄할 뿐이었다.

한참 후 어두운 거리에서 노랫소리가 들렸다. 그때까지 케아웨는 영원한 시간을 기다린 것만 같았다. 이상하게도 갑판장의 목소리는 아까보다 더 취해 있는 것 같았다.

이어 갑판장이 가로등 불빛 아래 비틀거리며 나타났다. 악마의 병은 외투 안에 넣고 단추를 채웠고, 한 손에는 다른 병을 들고 있었다. 그는 병을 들어 마셨다.

"병을 잘 가져왔군요." 케아웨가 말했다.

"손 치워!" 갑판장이 뒤로 물러나며 소리를 질렀다. "저리 꺼져! 가까이 다가오면 자네 주둥이를 날려 버릴 거야. 나를 이용할 수 있을 줄 알았나?"

"그게 대체 무슨 말입니까?"

"무슨 말이냐고?" 갑판장이 외쳤다. "이렇게 멋진 물건이 있었다니. 그게 자네에게 해 줄 말이야. 고작 2상팀에 이 귀한 것을 내 손에 넣다니. 하지만 자네한테 1상팀에 넘길 순 없지."

"병을 팔지 않겠다는 말입니까?" 케아웨가 헐떡거리면서 물었다.

"절대!" 갑판장이 말했다. "원한다면 럼 한 모금 정도는 줄 수 있지. 어떤가?"

"난 분명히 말했습니다. 이 병을 가진 사람은 지옥에 간다고요."

"난 어차피 지옥에 갈 거야." 갑판장이 말했다. "그리고 이 병과 함께라면 지옥에 가도 상관없어. 그러니 절대로 팔지 않겠어." 그가 고함을 쳤다. "이 친구야, 이제 이건 내 병이야! 그러니 자네는 가서 다른 병이나 알아보라고!"

"진심입니까?" 케아웨가 외쳤다. "당신을 위해서 하는 말입니다. 부탁이에요. 어서 그 병을 나에게 파세요."

"쓸데없는 소리는 그만해." 갑판장이 말했다. "내가 바보인 줄 알았나? 그런데 지금 보니 아니지? 이제 우리 이야기는 끝났어. 럼을 마실 생각이 없다면 내가 다 마시겠네. 자네의 건강을 위해 건배하겠네. 잘 가거나."

갑판장은 비틀거리며 큰길을 따라 내려가 시내로 향했다. 병은 그렇게 사라졌고, 이후에 들려온 이야기도 없었다.

케아웨는 바람처럼 가벼운 발걸음으로 코쿠아에게 달려갔다. 그날 밤, 두 사람은 큰 기쁨을 마음껏 만끽했다. 이후 그들은 빛나는 집에서 여생을 평화롭게 살았다.

지킬 박사와 하이드

**The Strange Case of
Dr. Jekyll and Mr. Hyde**

작품 해설 및 작가 연보

『지킬 박사와 하이드(The Strange Case of Dr. Jekyll and Mr. Hyde)』작품 해설

1. 작가의 생애

영국을 대표하는 작가이자 최고의 스토리텔러인 로버트 루이스 스티븐슨(Robert Louis Stevenson, 1850~1894)은 1850년 11월 13일, 스코틀랜드 에든버러의 부유한 중산층 가정에서 태어났다. 그는 토목 기사였던 아버지의 뒤를 잇기 위해 1867년에 에든버러 공과대학에 입학했으나, 몸이 약했고 문학에 흥미가 있었기에 법학으로 전공을 바꾼다. 아버지와의 갈등으로 말미암은 불화와 점점 악화되는 건강 때문에 그는 요양 차 유럽 여행을 떠난다. 그때의 경험은 훗날 그의 작품에 많은 영향을 주었다.

그는 여행 도중 프랑스에서 만난 페니 반 더 그리프트 오스본과 사랑에 빠져 1880년에 결혼한다. 그는 가정을 꾸림으로써 차츰 마음의 안정을 되찾게 되고, 안정된 생활은 그에게 꾸준히 창작할 수 있는 동력이 되어 준다. 그 무렵, 그동안 잡지에 기고했던 단편 소설, 기행문 등의 짤막한 글들을 모아 에세이집 『젊은이들을 위하여(Virginibus Puerisque)』(1881) 와 『명랑한 사람들(The Merry Men)』(1882)이라는 단편 모음집 을 출간한다. 뒤이어 오늘날까지 어린이들뿐만 아니라 어른 들에게도 사랑받고 있는 모험 소설 『보물섬(Treasure Island)』 (1883)을 출간한다. 그는 이 작품으로 널리 이름을 알리며 성 공한 작가의 반열에 오르게 된다. 그는 이후에도 꾸준한 작 품 활동을 이어 나간다. 1886년에는 자코뱅 혁명을 바탕으로 한 『유괴(Kidnapped)』와 『지킬 박사와 하이드(The Strange Case of Dr. Jekyll and Mr. Hyde)』 등의 작품을 연이어 발표한다. 하지 만 1887년, 건강이 악화되어 남태평양의 사모아 섬으로 이주 해 정착하게 된다. 이러한 악조건 속에서도 창작에 대한 그의 열의는 식지 않았다. 이듬해에 『검은 화살(The Black Arrow)』 (1888)을 발표하고, 그다음 해에는 그의 걸작 중 하나로 꼽히 는 『발란트래경(The Master of Ballantrae)』(1889)을 발표한다. 그 는 힘겨운 투병 생활을 이어 가면서도 마지막 순간까지 창작 의 끈을 놓지 않았다. 하지만 1894년 12월 3일, 그는 『허미스 턴의 위어(Weir of Hermiston)』(1896)를 집필하던 중 갑작스럽 게 생을 마감한다.

2. 작품 내용 살피기

(1) 『지킬 박사와 하이드』

『지킬 박사와 하이드』는 여러 등장인물의 시점으로 서술된다. 지킬 박사의 친구 어터슨 변호사의 시점을 중심으로 라니언 박사의 이야기, 그리고 주인공인 헨리 지킬 박사의 이야기로 구성되어 있다.

"그때 갑자기 두 개의 형체가 나타났습니다. 하나는 동쪽을 향해 빠르게 걸어가는 몸집이 작은 남자였고, 다른 하나는 교차로를 향해 재빨리 뛰어가는 여덟 살이나 열 살 정도로 보이는 여자아이였습니다. 당연히 두 사람은 모퉁이에서 부딪혔습니다. 무서운 일은 그다음에 일어났지요. 그 남자는 태연하게 아이의 몸을 그대로 밟고, 땅바닥에 쓰러져 비명을 질러 대는 아이를 무시한 채 계속 걸어갔습니다."

엔필드의 말을 들은 어터슨이 말했다.

"묻고 싶은 것이 있네. 아이를 밟았던 남자의 이름이 뭔가?"

"말씀드리지 못할 이유가 없지요. 그 사람의 이름은 하이드입니다."

"어떻게 생긴 사람이었나?"

"무언가 이상했습니다. 어딘지 모르게 기분이 나쁘고, 어딘지 모르게 혐오스러운 얼굴이었습니다. 왜 그런 느낌이 드는지도 알 수 없었고요. 어딘가 볼품없고 추한 인상이었지만, 어디가 이상한지는 정확히 말하기가 힘듭니다."

인용된 부분은 지킬 박사의 분신이었던 하이드의 끔찍한 악행에 대한 어터슨의 친구 엔필드의 목격담이다. 그의 말에 따르면, 하이드는 인간 본연에 내재하는 최소한의 감정도 지니지 않은 냉혈한이었다. 하이드를 본 사람들은 하나같이 그의 외모가 특별히 이상하다고 생각하지는 않지만, 어딘지 모르게 추하고 음산하고 혐오스러운 느낌이 든다고 말한다. 하이드는 피해를 본 아이의 부모에게 돈을 건네며 합의를 본다. 하지만 수표에 적힌 이름은 헨리 지킬 박사의 서명이었다. 이로 말미암아 어터슨은 지킬이 분명 하이드에게 뭔가 약점을 잡혀 협박당하고 있다고 의심하고는 하이드의 정체를 밝히기 위해 그를 추적하기 시작한다.

또한 지킬은 어터슨에게 유언장 작성을 부탁한다. 자신이 사망하면 '친구이자 은인인 에드워드 하이드'가 전 재산을 상속받을 수 있게 해 달라는 것이었다. 그는 이에 덧붙여 자신이 '3개월 이상 실종되거나 특별한 이유 없이 보이지 않으면' 하이드가 자신의 후임으로 모든 권리를 가지고, 자신의 식구들에게는 약간의 돈만 지급하면 된다는 불합리한 내용의 유언장을 작성해 주기를 원한다. 변호사로서 도저히 이해할 수 없었던 어터슨은 지킬에게 유언장을 수정하라고 권유하기 위해 그를 찾아간다. 하지만 그는 아무런 설명도 없이 무조건 자기 뜻대로 따라 주기를 당부한다.

하이드를 만나겠다고 결심한 어터슨은 지킬의 집 앞을 서성이다가 마침내 하이드를 만난다. 다른 사람들이 진술한 바와 마찬가지로 하이드는 어터슨에게도 혐오감과 두려움을 불러일으키는 존재였다.

그러던 어느 날, 런던에서 끔찍한 살인 사건이 발생한다. 희생자는 저명한 인사 댄버스 커루 경이었다. 그는 정체불명인 한 남자의 지팡이에 맞아 숨졌는데, 그 남자는 다름이 아닌 바로 하이드였다. 경찰은 하이드의 집을 수색해 부러진 지팡이를 증거로 찾지만, 그를 찾지는 못한다. 일가친척 하나 없었던 하이드의 행방은 묘연해지고, 그는 지킬에게 자신의 잘못을 인정하고 떠나겠다는 편지 한 장을 남기고 사라진다. 어터슨은 믿을 만한 자신의 직원인 게스트에게 하이드의 편지를 보여 준다. 게스트는 하이드의 필체가 지킬 박사의 것과 묘하게 닮았다고 말한다. 어터슨은 지킬이 하이드를 위해 편지를 위조했다는 의심을 떨치지 못하고 불안감에 시달린다.

경찰은 고액의 현상금을 걸고 하이드를 수배하지만, 어디에서도 그를 찾지 못한다. 어터슨은 지킬의 집을 방문하려고 하지만, 문 앞에서 번번이 거절당한다. 어터슨은 또 다른 친구인 라니언 박사를 찾아간다. 건강했던 그의 모습은 놀라울 만큼 수척해져 있었고, 얼굴에는 죽음의 그림자가 드리워져 있었다. 그는 최근에 심한 정신적 충격을 받았다며, 어터슨에게 자신의 앞에서 더는 지킬에 대해 언급하지 말아 달라고 한다. 그러고는 자신이 죽게 되면 모든 사실을 알게 될 거라는 묘한 말을 남긴다. 어터슨은 자신을 만나 주지 않는 지킬에게 편지를 보내고, 얼마 후 지킬로부터 답장을 받는다. 지킬은 자신이 지은 죄의 대가를 치르기 위해 계속 은둔할 것이며, 그로 말미암아 자신의 우정을 의심하지 말아 달라는 당부의 말을 전한다. 얼마 후 라니언 박사가 세상을 떠난다. 그는 어터슨만 뜯을 수 있으며, 만약 어터슨이 사망했다면 태워 버리라는 말이 적힌 봉인된 봉투 하나를 남긴다. 봉투를 연 어터슨은 그 안에서 '헨리 지킬 박사가 사망하거나 실종될 때까지는 열지 말 것.'이라는 문구가 적힌 또 다른 봉투를 발견한다. 친구의 유언을 무시할 수 없었던 어터슨은 너도 궁금했지만, 봉투를 서랍 깊은 곳에 넣어 둔다.

　이어지는 이야기는 라니언 박사의 시점으로 전개된다. 어느 날 밤, 라니언은 지킬에게서 온 편지 한 통을 받게 된다. 지킬은 라니언에게 자신에게 꼭 필요한 약품이 있다며, 자신의 실험실에서 약품이 든 서랍을 통째로 가져와 달라고 부탁한다. 그런 뒤 한 남자가 라니언의 집을 방문할 예정이니 그에게 약품을 전해 달라고 한다. 만약 자신의 부탁을 들어주지 않으면 광기에 사로잡힌 자신이 무슨 일을 저지르게 될지 모른다며, 라니언에게 아무도 모르게 처리해 달라는 간곡한 부탁이 담긴 편지였다.

지킬이 말한 대로 그날 밤 자정이 되자, 한 남자가 라니언의 집에 도착한다. 그는 작은 체구에 섬뜩한 인상을 지닌 하이드였다. 하이드는 라니언에게 앞으로 일어날 일에 대해 책임지지 않을 것이라며, 떠나고 싶으면 당장 이 자리를 떠나라고 경고한다. 하지만 라니언은 떠나지 않고 어떤 일이 벌어지는지 지켜보기로 마음먹는다. 하이드는 라니언에게서 건네받은 약품을 모두 섞은 뒤 단숨에 들이켠다. 그러자 그는 온몸에 경련을 일으키고 고통스러운 비명을 지르며 몸부림치다가 정신을 잃는다. 잠시 뒤 정신을 차린 하이드는 지킬의 모습으로 변해 있었다. 라니언 박사는 눈앞에서 목격한 그 상황을 쉽게 믿지 못한다.

다음 이야기는 헨리 지킬 박사의 진술로 이어진다. 그는 자신의 과학적 호기심과 실험 정신이 하이드라는 새로운 인물을 창조해 낸 것이라고 고백한다.

내가 파멸을 맞게 된 것은 연구 중에 발견한 부분적 사실, 인간은 본래 하나의 존재가 아니라 두 개의 존재라는 사실에 대한 믿음 때문이었다.

나는 인간이 두 개의 존재라는 것을 강조하고자 한다. 내 학문은 거기에서 출발하기 때문이다. 나와 의견이 같은 사람도 있겠지만, 나보다 더 연구 실적이 뛰어난 사람도 있을 것이다.

나는 궁극적으로 인간이 조화롭지 못하고, 독립적인 개체들이 모인 조직체라고 생각했다. 나는 성격상 이 방향으로 나가는 것이 옳다고 믿으면 오직 그 길로 갔다. 내가 인간의 이중성을 인지한 것은 내 안에 있는 도덕적 측면 때문이었다. 내 안에 존재하는 두 가지 성격 가운데 어느 한쪽도 모두 나지만, 그것은 내가 두 가지 성격을 모두 가지고 있기 때문이라고 생각했다.

앞으로 서술할 기적이 일어나기 훨씬 전부터 나는 선과 악을 분리한다는 공상에 종종 빠져들고는 했다. 나는 이 두 가지를 각각 분리할 수 있다면, 삶의 괴로움에서 해방될 수 있다고 생각했다.

악한 본성은 고상한 쌍둥이인 착한 본성의 야망과 양심의 가책에서 해방되어 자신의 길을 가면 되고, 착한 본성은 악한 본성이 저지르는 짓에 대해 괴로워하거나 참회할 필요 없이,

그에게 기쁨이 되는 일을 하면서 위로 향하면 된다. 이란성 쌍둥이가 의식 세계라는 자궁 안에서 끊임없이 투쟁해야 한다는 것은 인류에게 저주이다. 그렇다면 그 둘을 어떻게 분리할 수 있을까?

얼마 후에 지킬은 죽음을 맞이한다. 육체는 지킬이었으나 그의 영혼은 하이드에게 지배된 채 씁쓸한 죽음을 맞이한 것이다. 지킬은 마음만 먹으면 악행을 멈출 수 있었으나 끝내 욕심을 버리지 못했다. 그는 자신이 만들어 낸 창조물에 쾌락을 느끼며 지배당했고, 마침내 비극적인 최후를 맞이하게 된 것이다.

(2) 「병 속의 악마」

일급 항해사인 케아웨는 더 넓은 도시와 세계를 경험하기 위해 샌프란시스코로 향한다. 그곳에 도착한 그는 부자들이 사는 언덕을 산책하다가 멋진 집에 사는 한 남자를 만나게 된다. 케아웨는 그 남자를 통해 모든 욕망을 이룰 수 있는 병을 알게 된다. 그 남자는 악마가 들어 있는 그 병을 살 생각이 없는지 묻는다. 케아웨는 그를 의심하며 자신에게는 그런 욕망을 채워 줄 병이 필요하지 않다고 말한다. 하지만 그 남자의 설명에 손해 볼 것이 없다고 판단한 케아웨는 시험 삼아 그 병을 사게 된다. 몇 가지를 실험해 본 그는 그 남자의 말이 사실임을 깨닫는다.

하지만 모든 것에 공짜는 없듯, 이 병에는 함정이 숨어 있었다. 이 병을 팔 때는 반드시 샀던 가격보다 조금이라도 싸게 팔아야 했다. 또한 이 병을 죽기 이전까지 팔지 못하면, 영원히 지옥에서 불타게 된다는 것이었다. 두려움과 동시에 호기심을 느낀 그는 고향에 정원이 딸린 멋진 집이 있었으면 좋겠다고 생각한다. 이후 갑작스럽게 케아웨의 삼촌과 사촌 동생이 죽게 되고, 그로 말미암아 땅과 돈이 생기게 되어 그는 멋진 집을 소유하게 된다. 그는 병 속의 악마를 통해서 꿈꾸었던 욕망이 아주 손쉽게 이루어지지만, 이 욕망이 모두가 행복한 방식으로 이루어지는 것이 아니라 누군가의 희생으로 이루어진다는 것을 깨닫는다.

삼촌의 희생을 통해서 꿈꾸던 집을 얻게 된 케아웨는 친구 로파카에게 바로 그 병을 팔아 버린다. 그는 그 순간부터 병에 관한 자신의 욕망을 제어하고, 새로운 집에서 유유자적하며 지내다가 코쿠아라는 아름다운 여성을 만나게 된다. 첫눈에 그녀에게 반한 케아웨는 그녀와 결혼하게 된다. 하지만 그의 행복은 오래 지속되지 않는다. 어느 날, 그는 목욕하다가 자신이 문둥병에 걸렸다는 사실을 알게 된다.

절망감에 빠진 케아웨는 곧장 자신이 팔아 버린 병을 찾기 위해 길을 떠난다. 병을 사 간 로파카를 만나기 위해서였지만, 그의 예상대로 병은 욕망의 연쇄를 통해 한 외국인에게 가 있었다.

"우선 정중하게 인사드립니다." 외국인을 많이 만났었던 케아웨가 말했다. "그래요. 저는 그 병을 사러 왔습니다. 지금은 가격이 얼마지요?"

그 말을 들은 젊은 주인은 잔을 떨어뜨렸다. 그는 케아웨를 유령처럼 바라보았다.

"가격이요? 가격이 얼마인지 모르십니까?"

"그래서 이렇게 묻는 게 아니겠어요? 그런데 너무 괴로워 보이는군요. 가격에 무슨 문제라도 있나요?"

"케아웨 씨, 당신이 팔았던 때보다 훨씬 가격이 내려갔습니다." 그가 더듬거리면서 말했다.

"음, 그래도 더 싸게 살 수는 있지요? 당신은 얼마에 샀나요?" 케아웨가 물었다.

그러자 젊은이의 얼굴이 창백해졌다. "2센트를 주고 샀습니다." 그가 말했다.

케아웨는 이 외국인에게 2센트까지 가격이 내려간 병을

사지만, 한편으로는 이제 이 병을 다시 팔 수 없을 것이라는 자괴감에 빠진다. 그는 결국 모든 사실을 아내 코쿠아에게 고백한다. 아내는 센트를 더 작은 단위로 나눈 동전인 상팀을 통한 거래를 제안하며, 다른 지역에서 이 병을 팔자고 말한다. 하지만 그녀의 바람과는 달리 이들은 병을 쉽게 처분하지 못한다. 결국 코쿠아는 자신이 이 병을 사 버리고 만다.

이런 사정을 모르는 케아웨는 그녀가 쓸데없이 다른 사람들을 동정한다고 생각한다. 그러고는 그녀가 자신을 비난한다는 피해 의식에 시달린다. 하지만 얼마 후 그는 코쿠아가 병을 샀다는 사실을 알게 되고, 2상팀으로 그들의 삶을 구원하고자 시도한다.

야만스러운 갑판장을 포함한 친구들과 술을 마시던 케아웨는 병에 관해 알고 있던 갑판장에게 아내에게 가서 병을 사라고 말한다. 결국 코쿠아에게 2상팀을 주고 병을 산 갑판장은 병과 함께라면 지옥도 상관없다며 사라진다. 그렇게 해서 케아웨와 코쿠아는 욕망의 사슬에서 벗어나 비로소 행복한 여생을 보낼 자격을 얻게 된다.

『지킬 박사와 하이드』와 마찬가지로 「병 속의 악마」는 인간의 무한한 욕망에 대한 갈증과 더불어 선한 외면을 지닌 사람들의 어두운 본성을 폭로한 작품이다. 이 작품은 우리에게 자신이 원하는 욕망을 실현했을 때 진정으로 행복한지 묻는다. 또한 궁극적으로 인간을 행복하게 하는 것은 무엇인지에 관해서도 묻는다. 결국 이 작품은 '욕망의 굴레'에서 쉽사리 벗어나지 못하는 인간의 본성에 관해 고찰하고, 이와 동시에 모든 욕망에는 그에 따르는 대가와 결과가 있다는, 지극히 당연한 섭리를 전하고 있다. 우리는 현대 사회에서도 이 작품의 가치와 작가가 지속해서 이야기하는 주제 의식을 떠올려 볼 수 있을 것이다.

3. 마치며

오랜 시간 동안 많은 사람의 사랑을 받으며 영화와 뮤지컬로도 제작된 『지킬 박사와 하이드』는 오늘날 인간이 지닌 '선과 악'이라는 양면성을 대변하는 말로 사용되기도 한다. 학문적 호기심과 과학에 공헌할 것이라는 믿음으로 시작된 헨리 지킬 박사의 실험은 결국 지킬 박사와 하이드가 죽는 비극으로 마무리되지만 그의 노력은 절대 헛된 것이 아니었다.

우리는 누구나 일탈을 꿈꾼다. 습관적으로 우리 자신을 옥죄고 있는 질서와 규율, 도덕적 관습에서 벗어나 한 번쯤은 마음이 이끄는 대로 온전한 자유를 누리고 싶은 마음은 누구나 지니고 있는 욕망일 것이다. 하이드는 금기를 깨뜨리는 데서 오는 쾌락을 추구한 인물로, 급기야 살인까지 저지르지만 이 잔인한 본성 역시 인간이 지니고 있는 또 다른 모습일 것이다.

지킬 박사는 지금껏 살아온 대로 사람들의 존경을 받으며 명예로운 삶을 이어 갈 수 있었다. 인간의 본성을 '선과 악'으로 분리하는 실험이 성공한 후에는 하이드로서의 삶을 끝냈어야 했다. 하지만 그는 지킬로서의 삶에서 행복을 느끼지 못했고, 하이드가 주는 어두운 유혹을 이겨 내지 못해 결국 파멸에 이른다.

작가는 이 작품을 통해 '선'은 항상 옳은 것이므로 반드시 추구해야 할 가치이며 '악'은 떨쳐내고 투쟁해야 하는 것이라고 말하지는 않는다. 정도의 차이는 있겠지만, 선한 사람에게도 악한 면이 있고, 악한 사람에게도 분명 선한 면은 존재하기 때문이다. 어쩌면 인간은 '선과 악'이 조화와 균형을 이룰 때 가장 인간다울 수 있는 것인지도 모른다. 물론 여기서 필자가 말하는 '악'은 인간이 지켜야 할 최소한의 양심과 인간에 대한 존엄성이 바탕이 된 자유로움을 말하는 것이다.

어느 날 문득, 우리 안에 있는 하이드가 지킬을 이기기 위해 꿈틀거릴지도 모른다. 그 순간이 오면 잠시 그대로 놓아두라. 하지만 너무 오래 하이드를 풀어놓아서는 안 된다. 하이드에게 지배당한 사람은 지킬 박사 하나로 충분하니까.

작가 연보

1850년 에든버러의 부유한 중산층 가정에서 태어남.

1867년 에든버러 공과대학에 입학. 전공을 법학으로 바꿈.

1875년 법대를 졸업하고 변호사 자격을 취득하지만 변호사 활동은 하지 않음.

1876년 심각한 폐병을 앓게 됨. 아버지와의 불화가 점점 심각해짐.

1877년 고향의 청교도적 인습을 견딜 수 없게 되자 프랑스로 떠남. 프랑스의 인상을 『내륙 여행』과 『세븐 당나귀 여행기』 같은 여행기에 담음.

1879년 별거 중이던 미국 여성 페니 반 더 그리프트 오스본을 만나 사랑에 빠짐.

1880년 페니와 결혼함. 스코틀랜드에 다시 돌아가 가족과 화해함. 작가로서 명성을 얻으며 경제적인 안정을 이룸.

1881년 첫 에세이집『젊은이들을 위하여』출간. 페니와 캘리포니아로 떠남.

1882년 단편집『명랑한 사람들』출간.

1883년 모험 소설『보물섬』출간.

1885년 병이 재발해 본머스로 떠남. 그곳에서 집필 활동을 하며 헨리 제임스와 우정을 맺게 됨.

1886년 자코뱅 혁명을 배경으로 한『유괴』와『지킬 박사와 하이드』를 펴냄.

1887년 건강 문제 때문에 사모아 섬으로 이주.

1892년 사모아 내전을 다룬『역사에 대한 각주: 8년간의 사모아의 문제』출간.

1894년『허미스턴의 위어』집필 도중 건강이 악화되어 사망.

생각뿔 | 세계문학 미니북 클라우드 라이브러리

거장의 숨소리를 만나는 특별한 여행

생각뿔 세계문학 미니북 클라우드 라이브러리는 계속 출간됩니다.
*** 근간 목록은 발간 순에 따라 변경될 수 있습니다.

옮긴이 | 안영준

고려대학교를 졸업했다. '언어적 감각'이 뛰어난 IQ 158 멘사 회원이다. 공립 중등국어교사로 8년 동안 근무했으며 대치동에서 논술 전임강사로 활동하기도 했다. 현재는 1인 지식 창업 및 책 쓰기 코칭을 하며 영한 번역을 하고 있다. 옮긴 책으로는 『1984』, 『데미안』, 『위대한 개츠비』, 『노인과 바다』, 『동물농장』, 『오만과 편견』, 『이방인』 등이 있다.

해설 | 엄인정

국민대학교 국어국문학과를 졸업하고 동 대학원에서 국어교육학을 전공했다. 현재 단행본 편집과 영한 번역 업무를 병행하며 프리랜서로 활동 중이다. 옮긴 책으로는 『데미안』, 『톨스토이 단편선』, 『오만과 편견』, 『카프카 단편선』, 『그리스인 조르바』 등이 있다.

지킬 박사와 하이드

1판 1쇄 발행 2018년 11월 23일

지은이 로버트 루이스 스티븐슨
옮긴이 안영준
해설 엄인정
펴낸이 생각투성이
편집 안주영
디자인 생각을 머금은 유니콘
마케팅 김사랑

발행처 생각뿔
주소 서울시 서초구 반포동 66-1 코웰빌딩 102호
등록번호 제233-94-00104호
전화 02-536-3295
팩스 02-536-3296
커뮤니티 www.facebook.com/tubook2018(페이스북)
e-mail tubook@naver.com
ISBN 979-11-89503-31-4(04800)
          979-11-964400-8-4(세트)

생각뿔은 '생각(Thinking)'과 '뿔(Unicorn)'의 합성어입니다.
신화 속 유니콘의 신성함과 메마르지 않는 창의성을 추구합니다.